Ursula Isbel,
in München geboren, war nach einem Modegrafik-Studium und dem Besuch einer Sprachenschule zunächst als Lektorin tätig. Heute lebt sie als freie Autorin in Staufen bei Freiburg. Sie hat zahlreiche Romane, Erzählungen und Kinder- und Jugendbücher veröffentlicht und gilt seit vielen Jahren als Meisterin des romantischen Mystery-Thrillers.

Bei Ueberreuter erschienen:
Die Nacht der Feen
Spuk in Grey Hill House

Ursula Isbel

Der Zauber von
Ashgrove Hall

UEBERREUTER

Das säurefreie und alterungsbeständige Papier EOS liefert Salzer, St. Pölten
(hergestellt aus chlorfrei gebleichtem Zellstoff aus nachhaltiger Forstwirtschaft).

ISBN 978-3-8000-5572-2
Umschlaggestaltung von init, Büro für Gestaltung, Bielefeld
unter Verwendung von Fotos von Getty Images, München und
© Edward Jones, Irene Suchocki / Trevillion Images
Lektorat: Luitgard Distel
Copyright © 2010 by Verlag Carl Ueberreuter, Wien
Druck: CPI Moravia Books GmbH
7 6 5 4 3 2 1

Ueberreuter im Internet: www.ueberreuter.at

Will no one tell me what she sings?
Perhaps the plaintive numbers flow
For old, unhappy, far-off things,
And battles long ago.
William Wordsworth

Von altem Leid
tönt wohl die Klage,
von Schlachten längst vergang'ner Tage.

Er stand auf der Treppe und lauschte. Noch war nichts von ihnen zu hören, doch eine Ahnung sagte ihm, dass ihm nicht viel Zeit blieb. Die Wunde an seinem Bein brannte und pochte. Blut sickerte durch die wollenen Strümpfe über die Stiefel und tropfte auf den dunklen Eichenboden.

Er schleppte sich bis zum Treppenabsatz und öffnete wahllos eine der Türen. Ein Schal aus violettem Samt lag über der Lehne eines Sessels. Rasch griff er danach, wickelte ihn um seinen Schenkel und verknotete die Enden, so gut es ging.

Was sollte er tun? Der edle Freund war fort, mit wenigen treuen Gefährten auf dem Weg zur Küste. Er hatte ihm sein Pferd gegeben, seine sanfte, geliebte Belle. Das war alles, was er noch für ihn hatte tun können, ein wahrer Freundschaftsdienst, denn eine Stute wie sie gab es nicht noch einmal und er würde sie wohl nicht wiedersehen.

Doch es war für die gerechte Sache. Dafür war er bereit, nicht nur sein Pferd, sondern auch sein Leben zu geben. Trotzdem durfte er ihnen nicht in die Hände fallen. Sie würden ihn foltern, um aus ihm herauszupressen, wohin sich der Flüchtling gewandt hatte. Und sie würden ihn nach London bringen. Welches Schicksal ihn dort erwartete, wusste er.

Die Wunde am Oberschenkel, wo ihn ein Degenhieb getroffen hatte, brannte wie Feuer. Sie ging bis auf den Knochen und musste versorgt werden, sonst würde er Wundbrand bekommen und sein rechtes Bein verlieren. Doch jetzt ging es um sein Leben. Eine kurze Weile stand er ans Geländer der Galerie gelehnt und schöpfte Atem. Täuschte er sich oder hörte er fernen Hufschlag?

Sie würden ihn hier suchen – ihn und den Prinzen –, denn sie wussten, dass Ashgrove sein Zuhause war. Kein Versteck im Haus oder im Park war sicher vor ihnen. Ihm blieb nur ein Ausweg, auch wenn er sich einst geschworen hatte, diesen finsteren, stinkenden Ort nie wieder zu betreten. Als Kind hatte er sich einmal dort verkrochen und es war grauenvoll wie in einer Totengruft gewesen, die Luft stickig und modrig, sodass er kaum hatte atmen können. Die Kerzenflamme war innerhalb weniger Minuten verloschen; daran erinnerte er sich noch.

Die Hall mit ihren Räumen und Fluren lag leer und still. Niemand war da, um ihm beizustehen, doch damit auch keiner, den er mit ins Verderben reißen konnte.

Er biss die Zähne zusammen und hinkte die vielen Stufen hinunter, stützte sich dabei am Handlauf des Geländers ab, um das verwundete Bein zu entlasten. Schon wurde das Hufgetrappel lauter und bedrohlicher, schwoll an wie eine Flutwelle, die gegen felsiges Ufer brandet.

Unter der Treppe war die geheime Tür, von der außer ihm nur sein Großvater wusste. Doch der lag in einem

Haus in Edinburgh, viele Meilen von hier, mit verwirrtem Geist und einem Herzen, das nur noch schwach und widerwillig schlug.

Die Augen des Ebers funkelten im Dämmerlicht. Seine Hand glitt über die geschnitzte Wandvertäfelung, drückte auf die gläserne Pupille, wie er es vor langer Zeit als Junge getan hatte. Lautlos setzte sich der alte Mechanismus in Bewegung.

Ein scharfer Schmerz durchzuckte sein Bein, als er sich bückte und in den Gang kroch. Stöhnend tastete er nach dem Hebel. Die geheime Tür schloss sich, sperrte Licht und Luft aus. Sofort umfing ihn tiefste Finsternis.

Ich bin in mein eigenes Grab gekrochen!, dachte er mit einem Schauder.

Damals, als Kind, hatte er hier aufrecht stehen können. Nun musste er sich gebückt und mit ausgestreckten Armen zwischen den schleimig-feuchten, kalten Wänden vorwärtstasten.

Zur Dunkelheit kam die Stille, die seine Ohren wie Watte füllte.

Sein Bein fühlte sich jetzt an wie eine einzige offene Wunde, doch er musste weiter. Wenn sie kamen, konnte es Tage dauern, bis sie Ashgrove wieder verließen. Auch wenn sie ihn nicht fanden, würden sie hier Quartier beziehen, um auf frische Pferde und neue Befehle zu warten.

Er musste sich bis zum Ende des Gangs durchschlagen, das war seine einzige Chance. Wenn er es bis zum

Ausgang schaffte, konnte er sich vielleicht im Schutz der Nacht von der Kirche zu Marys Haus schleppen. Er kannte alle Schleichwege, das hatte er ihnen voraus. Marys Familie würde ihn aufnehmen; sie waren treue Anhänger der Stuarts.

Plötzlich machte der Gang eine Krümmung nach rechts, und er war zu erschöpft, um vorbereitet zu sein. Er taumelte mit der Schulter und dem verletzten Bein gegen den Mauervorsprung. Der Schmerz war so durchdringend, dass er zusammensackte und das Bewusstsein verlor.

Er trieb in dunklem Wasser, hörte das Rauschen des Hochlandwinds und der Wellen, die Stimmen der Natur. Nebel und Schwärze umfingen ihn. Mit aller Macht kämpfte er sich hoch, rang nach Atem. Er musste weiter, musste zu Mary. Alles würde gut werden, wenn er erst bei ihr war.

Das Wasser war Blut, das unaufhaltsam durch seine Strümpfe und die Kniebundhose sickerte. Mit zitternden Händen tastete er nach dem Schal, den er um die Wunde gewickelt hatte. Wenn er den Oberschenkel abbinden konnte – die Blutung stillen ... Doch er hatte den Schal verloren, irgendwo auf dem Weg durch diese endlose Unterwelt.

Mit letzter Kraft schob er sich vorwärts. Wie weit mochte es noch sein? Wo war er? Unter dem Friedhof?

Die Wände schlossen sich enger um ihn. Er sah Bilder; das Gesicht des Prinzen, seine geschminkten Lippen, den stolzen Blick. *Würde es ihm gelingen, sich zu retten? Die Leiber der verwundeten und toten Gefährten auf dem Schlachtfeld von Culloden. Marys Lächeln, ihre Augen, die voller Liebe waren. Das Wasser des Loch Ash – frisches, kühles Wasser, um seinen Durst zu stillen.*

Die Bilder verschwammen. Ach, er wollte doch leben – er war zu jung, um alles zu verlieren!

Zentimeter um Zentimeter kroch er auf allen vieren weiter, kämpfte verbissen gegen die Schwäche an, den Schmerz, den Durst, den Nebel in seinem Gehirn, der mit jeder Sekunde dichter und zäher wurde.

Ein Lichtschimmer erhellte die Finsternis. *Sie war gekommen, Mary, seine Liebste.* Doch nein, es war nicht Mary, auch wenn sie ihr ähnlich sah. Sie hatte ihr Haar – goldbraun wie Bernstein –, die gleiche zarte Nase, das herzförmige Gesicht. Weshalb hatte sie sich als Junge verkleidet? Sie trug eine eng anliegende, wunderliche Hose aus grobem blauem Stoff und ein schmuckloses Hemd oder Wams. Vielleicht kam sie aus einem fernen Land?

Er streckte die Hand nach ihr aus, aber sie sah ihn nicht. Ihr Blick ging durch ihn hindurch.

»Hilf mir!«, flüsterte er. »Lass mich nicht allein …«

Sie hörte es nicht. Etwas trennte sie voneinander, eine Barriere wie dickes Glas oder tiefes Wasser. Und schon löste sie sich auf und verschwand, sosehr er auch flüsterte und flehte.

Die Dunkelheit verdichtete sich. Sie war stärker als er.

Das Leben rann unaufhaltsam, unerbittlich aus seinem Körper.

Keiner würde ihn finden.

Keiner würde je erfahren, was aus ihm geworden war.

1

Der Frühling, heißt es, ist die Zeit der Liebenden.

Von Leuten, die sich entlieben oder untreu sind, und von denen, die verlassen wurden und unglücklich zurückbleiben, redet oder singt kaum einer.

Doch es gibt keine schlimmere, traurigere Zeit für Liebeskummer als den Frühling. Verlassen und ungeliebt zu sein, wenn ringsum alles blüht, die Vögel singen, die Pärchen Händchen halten und sich auf der Straße küssen, die Katzen die Nächte mit ihren kreischenden Liebesgesängen erfüllen, ist besonders bitter.

Ich sehnte damals Regen und Hagelschauer und Sturmböen herbei, die doch nicht kamen. Jede dunkle Wolke am Himmel beobachtete ich voller Hoffnung auf eine Schlechtwetterfront. Am liebsten hätte ich mir eine Höhle im Wald gesucht, mich dort eingerollt wie ein verwundeter Bär und geschlafen, um alles zu vergessen.

Ich wollte seinen Namen nicht mehr hören. Ich zerriss alle seine Fotos. In einer besonders schrecklichen Nacht dachte ich sogar daran, eine Voodoo-Puppe zu basteln und mit Nadeln zu spicken, ließ es aber bleiben.

Böse Gedanken und Taten fallen auf einen zurück, sagt mein Vater immer. Irgendwie glaube ich daran.

Anders, mein Bruder, gab sich alle Mühe, mich zu trösten. »Eines Tages steht er wieder vor deiner Tür und bittet dich um Verzeihung«, sagte er.

»Das tut er nicht. Und wenn er's täte, würde ich ihn zum Teufel jagen!«, erwiderte ich und der Gedanke erfüllte mich für einen Augenblick mit grimmiger Genugtuung. »Aber die Sache ist aus und vorbei. Ich bin Luft für ihn. Du solltest sehen, wie er sie anschmachtet!« »Sie« war einmal meine Freundin gewesen. Auch ihren Namen mochte ich nicht mehr aussprechen. Dass sie doppelten Verrat an mir begangen hatten, machte alles noch schlimmer.

»Ich hätte Lust, ihm die Visage zu polieren!«, erklärte Anders mit finsterer Miene.

»Lass das bloß bleiben! Er hat mir nie etwas versprochen. Im Grund gibt es kein Recht auf Gefühle. Wenn sie bei dem einen wieder verfliegen, hat der andere eben Pech gehabt.«

Mein Bruder schüttelte nur den Kopf. Auch mein Herz glaubte nichts von dem, was ich da sagte. Es klagte über Falschheit und Vertrauensbruch.

»Ich werde nie mehr jemandem trauen können«, murmelte ich. Und wie so oft fing ich wieder an zu weinen, ohne es zu wollen.

»Doch, das wirst du!« Anders nahm mich in den Arm. »Wart's ab, du musst einfach Geduld haben und dich durchbeißen. Irgendwann wirst du denken: Wie gut, dass aus meiner ersten Liebe nichts geworden ist. Sobald du dich wieder aufgerappelt hast, ist Platz für was Neues, Besseres, Merle!«

Mit seinen zweiundzwanzig Jahren redete er manchmal wie eine Briefkastentante. Ich glaubte ihm kein Wort. Wer denkt schon an eine neue Liebe, wenn er der alten noch nachtrauert?

In all meinem Selbstmitleid rührte mich sein Blick. Seine blauen Augen in dem pausbäckigen Gesicht wirkten traurig und ratlos und irgendwie schuldbewusst, als wäre er für mich und meine Gefühle verantwortlich.

So war es schon in unserer Kindheit. Wenn ich mir das Knie aufschlug, hatte er mich umarmt und getröstet; und einmal hatte er sich meinetwegen mit drei Jungen geprügelt. Wochenlang war er mit aufgeplatzter Lippe und einem blauen Auge herumgelaufen.

Ich putzte mir die Nase.

»Was hältst du davon, wenn wir wegfahren würden?«, hörte ich ihn sagen. »Irgendwohin, wo alles neu für dich ist, wo du auf andere Gedanken kommst und neue Menschen kennenlernst?«

»Vergiss es! Noch mehr blauer Himmel und Sonnenschein, das halt ich nicht aus …«

»Wer sagt, dass wir in den Süden müssen? Es gibt auch noch andere Länder. Schweden, Norwegen, Island, Schottland …«

Sofort dachte ich an sturmumtoste Klippen, wolkenverhangene Berggipfel, tiefe dunkle Seen, in denen Monster hausten, und an trutzige Burgen mit offenen Kaminen, vor denen man sich wärmte, während der Wind um die Mauern heulte. Die Vorstellung war wie Balsam für meine wunde Seele.

»Schottland!«, sagte ich leise. »Klingt verlockend. Aber woher sollen wir das Geld nehmen? Auf meinem Sparbuch ist Ebbe nach den vielen Fahrstunden, und mit deinen Finanzen sieht's auch nicht viel besser aus.«

Anders meinte, unsere Eltern würden uns unterstützen. »Wir sagen, dass wir dafür dieses Jahr nicht mit ihnen wegfahren. Wahrscheinlich sind sie froh, wenn wir ohne sie Urlaub machen. Sie haben doch diesen großen Auftrag für das Sportzentrum an Land gezogen, das bis zum Herbst fertig sein muss. Sicher sitzen sie bald Tag und Nacht in der Firma.«

Der Auftrag, ja, den brauchten sie dringend, wie ich Papa einmal zu Mama hatte sagen hören, wobei er nicht gemerkt hatte, dass ich hinter der Tür stand.

Eine Reise nach Schottland! Mir kam der Vergleich mit dem Silberstreif am Horizont in den Sinn. Es fühlte sich wirklich an, als hätte sich mitten in dem dunklen Tunnel, in dem ich nun schon so viele Wochen festsaß, eine Tür einen Spalt aufgetan, durch die ein Lichtschimmer drang.

16

2

Noch am gleichen Abend redeten wir mit unseren Eltern.

Anscheinend waren sie wirklich erleichtert, dass sich das Urlaubsproblem auf diese Weise lösen ließ, denn sie hörten schweigend und aufmerksam zu und schienen durchaus bereit, sich die Sache zu überlegen.

»Ich könnte einen Sprachkurs besuchen«, sagte Anders. Er hatte schon immer gewusst, wie er unserem Vater eine Sache schmackhaft machen konnte. »Vielleicht studiere ich ja ein paar Semester in Schottland. Die Colleges sollen da sehr gut und nicht zu teuer sein. Aber dazu müsste ich erst mal mein Englisch verbessern. Mit meinem stümperhaften Schulenglisch nimmt mich ja kein College.«

»Ich hab auch nie verstanden, warum Merle in Englisch so ein Ass ist und du so eine Niete.« Ein zufriedener Ausdruck lag auf Papas Gesicht. »Eine schottische Uni, ja, das wäre nicht zu verachten! Junge Leute sollten ins Ausland gehen und sich dort den Wind um die Nase wehen lassen. Ihr sitzt später noch lange genug zu Hause auf euren vier Buchstaben.«

Ich sagte gar nichts, weil ich wusste, dass ich es am

besten Anders überließ, das Gespräch in die richtigen Bahnen zu lenken.

Jetzt mischte sich Mama ein. »Habt ihr mal an Tante Thisbe gedacht?«, fragte sie.

Tante Thisbe war eine Cousine unserer Großmutter. Keine richtige Tante also, aber ich mochte sie am liebsten von all unseren Verwandten.

Überrascht sahen wir meine Mutter an.

»Sie war doch früher oft in Schottland bei einer ihrer Freundinnen. Irgendwo in den Highlands, an einem dieser Lochs. Erinnerst du dich, Frank? Ihre Freundin hatte da ein altes Herrenhaus oder eine Art Schloss.«

Unser Vater nickte. »Ja, richtig. Thisbe hat uns mal ein Foto von dem alten Gemäuer geschickt. Ziemlich heruntergekommen; aber das ist schon mindestens fünfzehn Jahre her. Inzwischen ist das Haus vermutlich nur noch eine Ruine. Und Thisbes Freundin lebt sicher längst nicht mehr.«

»Wieso? Heutzutage werden die Menschen immer älter. Und sie dürfte um die achtzig sein, so wie Thisbe«, entgegnete Mama. Sie sah müde aus. Mir fiel auf, dass sie die Flasche Rotwein, die vor ihr auf dem Tisch stand, erstaunlich schnell leerte.

»Na gut. Beziehungen schaden nie«, meinte unser Vater. »Ruft Thisbe an und redet mal mit ihr. Sie freut sich sicher, wenn sie euch weiterhelfen kann.«

Später dachte ich oft, dass sich alles so wunderbar

18

fügte, als hätte das Schicksal oder eine höhere Macht die Hand im Spiel gehabt und Anders und mich in jenem Sommer in die Highlands nach Ashgrove Hall geführt.

3

Zwei Tage später, an einem Samstag im Mai, besuchten wir Tante Thisbe in ihrer großen Altbauwohnung, die sie allein bewohnte.

Sie schien in der letzten Zeit geschrumpft zu sein. Dafür wirkte es, als wären ihre Nase und ihre Ohren gewachsen, sodass sie mich an einen von diesen putzigen Nasenbären erinnerte. Da sie sich so über unseren Besuch freute, bekam ich ein schlechtes Gewissen. Wir schauten viel zu selten bei ihr vorbei und waren auch diesmal nur gekommen, weil wir etwas von ihr wollten.

»Du bist so schmal und blass, Mädchen«, sagte sie zu mir und musterte mich besorgt von unten herauf. »Hast du Liebeskummer? Ich weiß, wie weh das tut. Da soll noch einer sagen, die Jugend wäre eine unbeschwerte Zeit. Alles Blödsinn!«

Dabei hatte ich ihr am Telefon nur gesagt, dass wir nach Schottland fahren wollten!

Wir bekamen englischen Tee und Haferkekse, die zwischen den Zähnen knirschten und staubten. Dann fragte sie, wieso wir ausgerechnet nach Schottland wollten.

»Ich mag nicht in den Süden«, erwiderte ich.

»Mich hat es auch immer mehr in den Norden gezogen. Schon interessant, dass die Menschen Vorlieben für bestimmte Länder haben, nicht? Vielleicht hat das mit einem unserer früheren Leben zu tun – dass es uns immer wieder dorthin zieht, wo wir schon einmal gelebt haben. Und warum, denkt ihr wohl, hat Merle so leicht und erstaunlich perfekt Englisch gelernt, während sie nie mit einer halbwegs anständigen Französischnote nach Hause gekommen ist?«

Ehe sie sich an einem ihrer Lieblingsthemen festbeißen konnte, warf Anders hastig ein: »Ich wollte einen Sprachkurs machen. Mit meinem Englisch ist es ja nicht so weit her und vielleicht studiere ich ein paar Semester an einem schottischen College. Du bist doch früher öfter zu einer Freundin in die Highlands gefahren. Lebt sie noch?«

Tante Thisbe richtete sich kerzengerade in ihrem Sessel auf. »Wieso sollte Lilibeth nicht mehr leben? Sie ist nur ein paar Monate älter als ich und kerngesund, auch wenn sie nicht mehr besonders gut hört. Aber das hat manchmal auch seine Vorteile.«

»Ihr habt also noch Kontakt?«

»Sicher. Wir telefonieren regelmäßig. Sie lebt mit ihrem Freund in der Schweiz. Der Mann hat eine erstaunliche Ähnlichkeit mit Sean Connery.«

In der Schweiz! Enttäuscht sahen wir sie an. Sie spitzte die Lippen und stieß einen flötenden Pfiff aus. »Kein Grund, gleich die Löffel hängen zu lassen, Kinder! Ashgrove ist noch in ihrem Besitz. Sie würde das Anwesen nie aufgeben, auch wenn sie nur wenige Wochen im Jahr dort verbringt.«

Anders beugte sich vor. »Vermietet sie das Haus?«

Tante Thisbe kicherte. »Du hast Ideen, Junge! Natürlich nicht, das hat sie nicht nötig. Ein Verwalter kümmert sich um die Hall – mehr schlecht als recht, würde ich sagen. Es ist nicht gut, wenn ein historisch wertvolles Gebäude praktisch leer steht und keiner ordentlich danach sieht. Das habe ich Lilibeth schon hundertmal gesagt, aber sie hört nicht auf mich, sie will einfach nur ihre Ruhe haben.«

»Aber es ist bewohnbar?«, fragte ich vorsichtig.

»Das kommt auf die Ansprüche an. Die Heizung war schon vor fünfzehn Jahren völlig veraltet. Man ist auf diese offenen Kamine angewiesen – vorn Brathähnchen und hinten Eiszapfen. Durch Türen und Fenster zieht es wie Hechtsuppe. Aber … ja natürlich kann man in Ashgrove Hall wohnen, falls man's gern romantisch hat und wenn man nicht …« Sie stockte.

Eine Weile warteten wir schweigend, doch sie schien nicht bereit, den Satz zu vollenden.

Schließlich stellte Anders die entscheidende Frage: »Glaubst du, dass wir … Meinst du, wir könnten für ein paar Wochen dort wohnen?«

Ich merkte, dass ich die Luft anhielt, als hinge mein

Leben davon ab, wie Tante Thisbes Antwort ausfiel. Dabei konnten wir uns schließlich auch an irgendeinem anderen Ort in den Highlands eine Unterkunft suchen. Doch seit ich hier auf dem steiflehnigen Stuhl saß, mit Blick auf ein Ölgemälde, das Tante Thisbe als junge, nicht besonders hübsche Frau mit verwegen in die Stirn gezogenem Herrenhut zeigte, wurde ich von dem Gefühl beherrscht, dass es Ashgrove Hall war, wo wir wohnen sollten, und nirgends sonst.

Tante Thisbe musterte mich mit ihren kleinen dunklen Augen, die so lebendig blickten wie bei einem neugierigen Kind.

»Warum nicht?«, sagte sie. »Ich werde Lilibeth fragen. Wenn ihr nicht gerade zu einem Zeitpunkt fahren wollt, zu dem sie und Douglas in Schottland sind … Für wann habt ihr die Reise geplant?«

»Mitte Juli wäre gut«, erwiderte mein Bruder. »Sobald Semesterferien sind.«

»Ich fange im Spätherbst mit meinem freiwilligen sozialen Jahr an«, fügte ich hinzu. »Vorher habe ich jede Menge Zeit.«

»Aha. Ihr könntet also auch später fahren, falls Lilibeth und Douglas im Hochsommer nach Ashgrove wollen. Sie wird mir den Gefallen sicher tun, euch dort wohnen zu lassen, wenn ich mich dafür verbürge, dass ihr vertrauenswürdig seid und sorgsam mit allem umgeht. Die Hall ist voller Antiquitäten. Allein die Schnupftabaksdosen, die Lilibeths Vater gesammelt hat, sind ein Vermögen wert.«

Schnupftabaksdosen! Hastig versicherten wir, dass wir alles mit Samthandschuhen anfassen und Tante Thisbe bestimmt keine Schande machen würden.

Sie versprach, noch am gleichen Abend in der Schweiz anzurufen.

»Drückt die Daumen, dass Lilibeth ihr Hörgerät im Ohr hat«, sagte sie. »Wenn nicht, versteht sie kaum die Hälfte davon, was ich sage, und wird ungnädig.«

Dann zeigte sie uns alte Fotos von Ashgrove Hall. Es war kein Haus, auch keine Villa, sondern ein Landsitz, ein ehemaliges Jagdschloss aus verwitterten grauen Steinen mit verschachtelten Anbauten und Seitenflügeln und Dutzenden von Kaminen.

»Der älteste Teil der Hall stammt aus der Tudorzeit, also aus dem sechzehnten Jahrhundert«, erklärte Tante Thisbe. »Und es stecken Blut und Tränen und Gewalt in den alten Mauern, das müsst ihr wissen. Häuser vergessen nichts.«

Das war wieder eine ihrer rätselhaften Andeutungen. Wollte sie uns warnen? Spannung und Erregung stiegen prickelnd wie Luftblasen in mir hoch und erfüllten mich mit einem wunderbar lebendigen, lang vermissten Gefühl.

»Du meinst, es spukt in diesem … Ashgrove?«, hörte ich Anders in ungläubigem Ton fragen.

Tante Thisbe antwortete nicht. Sie liebte es, Menschen neugierig zu machen.

Jetzt lachte mein Bruder. »Es spukt wohl in jedem schottischen Herrenhaus, das weiß man ja. Jeder Clan, der etwas auf sich hält, hat sein persönliches Familiengespenst. In Ashgrove Hall hängt sicher auch eines herum. Bist du ihm begegnet?«

»Da gibt es nichts zu grinsen!« Sie warf ihm einen strafenden Blick zu. »Ich mag es nicht, wenn man derartige Phänomene ins Lächerliche zieht. Das ist dumm und ignorant. Du solltest mal nachlesen, was Shakespeare in ›Hamlet‹ dazu meint. Und das hat nichts mit all dem esoterischen Schwachsinn zu tun, der heutzutage verbreitet wird.«

Mehr wollte sie dazu nicht sagen. Ich sah es an der Art, wie sie die Lippen zusammenkniff, und ärgerte mich über meinen Bruder und seine unüberlegte Bemerkung.

Den ganzen Abend grübelte ich über Tante Thisbes Andeutungen nach. Die Gedanken daran verfolgten mich bis in die Nacht, in der ich wirre Träume von einem Haus mit einem Labyrinth aus Fluren und Treppen hatte, von verschlossenen Türen und dunklen Winkeln, die den Geruch von Moder und Staub und Verfall verströmten. Ja, ich konnte den Atem des alten Hauses im Traum tatsächlich riechen!

Doch immerhin war es seit Langem die erste Nacht, in der ich nicht mit dem quälenden Gedanken an zwei Menschen eingeschlafen war und aufwachte, deren Namen ich am liebsten aus meinem Gedächtnis gestrichen hätte.

Tante Thisbe hatte noch nichts auf dem Anrufbeantworter hinterlassen, als ich am folgenden Tag aus der Schule kam.

Sie redete allerdings nicht gern mit »Automaten«, das wusste ich. Voller Ungeduld wartete ich, bis es drei Uhr war, die Zeit, zu der sie ihren Mittagsschlaf beendete. Ich hatte wohl etwas zu lange gewartet, denn sie ging nicht ans Telefon. Von da an versuchte ich es erfolglos im Viertelstundentakt. Als endlich das Telefon klingelte, war es nur Anders, der wissen wollte, was Tante Thisbe gesagt hatte.

»Wenn wir Pech haben, liegt sie tot in ihrer Wohnung.« Mein Bruder hatte manchmal einen etwas schrägen Humor.

»Das ist nicht witzig! Und gestern war sie noch putzmunter.«

Kaum hatte ich aufgelegt, klingelte das Telefon wieder. Diesmal war es tatsächlich Tante Thisbe. Sie erklärte, sie sei auf einer Geburtstagsfeier gewesen.

»Lauter uralte Leute, Alzheimer & Co. Es wurde praktisch nur über Krankheiten geschnattert. Wie kann man bloß …«

Ich unterbrach sie. »Hast du mit deiner Freundin geredet?«

»Nun mal langsam mit den jungen Pferden! Gestern Abend war sie nicht zu erreichen, aber heute Vormittag hab ich sie aus dem Bett geholt. Mir zuliebe hat sie sich sogar das Hörgerät in die Ohren gepfriemelt … Was zappelst du so herum?«

Sie konnte mich natürlich nicht sehen, aber ich zappelte wirklich, tigerte mit dem Telefon durchs Zimmer und fuhr vor Anspannung fast aus der Haut.

»Dir liegt eine Menge daran, nicht? Es zieht dich nach Ashgrove, das hab ich gestern schon gespürt, Merle«, hörte ich sie sagen. »Es war nicht leicht, Lilibeth zu überreden, aber ich hab's für dich getan. Ich denke, es ist wichtig für dich, einige Zeit dort zu verbringen. Mitte Juli könnt ihr fahren.«

4

Die Junitage schleppten sich zäh und freudlos dahin. Das Einzige, was sie erträglich machte, war die Aussicht auf unsere Reise in die Highlands.

Tante Thisbe war wie jedes Jahr zur Kur nach Badenweiler gefahren. Alle Versuche, ihr am Telefon irgendwelche Geheimnisse oder nähere Informationen zu entlocken, schlugen fehl.

»Wart's einfach ab«, sagte sie. »Was es über Ashgrove Hall zu wissen gibt, musst du selbst herausfinden, Merle.«

Dass wir umsonst wohnen konnten, machte natürlich alles einfacher. Wir buchten einen erstaunlich billigen Flug von Frankfurt nach Edinburgh. Unser Vater meinte, wir könnten uns unter diesen Umständen sogar ein kleines Mietauto leisten.

Anders sah im Internet nach und stellte fest, dass Ashgrove Hall an einem See namens Loch Ash lag, einige Meilen entfernt von einem Ort, der Blanachullish hieß. Die nächste größere Stadt war Inverness. Dort gab es eine Sprachenschule, mit der sich Anders per E-Mail in Verbindung setzen wollte.

»Ich dachte an fünf Stunden Englisch täglich, das reicht«, sagte er zu mir. »Soll ich dich auch anmelden?

Natürlich für die höchste Stufe und selbst da wärst du der absolute Superstar …«

Ich hatte keine Lust auf einen Sprachkurs. Vorerst brauchte ich auch dringend Abstand von allem, was Schule hieß. »Ich überlege es mir, wenn wir dort sind«, erwiderte ich ausweichend.

»Im Grund brauchst du keinen Unterricht. Ein bisschen schottische Konversation, und du gehst bald locker als Eingeborene durch.«

»Ich weiß nicht, ob wir viel Gelegenheit zur ›Konversation‹ haben werden, wenn Ashgrove Hall so abgeschieden liegt, wie Tante Thisbe es angedeutet hat.«

»Ach was!«, entgegnete Anders. »Die Burschen mit ihren karierten Faltenröckchen und diesen komischen gestrickten Wadenstrümpfen werden sicher dutzendweise vor der Tür stehen und mit den Füßen scharren.«

»Nett von dir, dass du mich aufheitern willst, aber gib dir keine Mühe. Ich will nur meine Ruhe, ganz gleich ob sie in Ringelsocken oder Knickerbockern erscheinen.«

»Wenn dir erst einer mit dem Dudelsack ein Ständchen bringt, wirst du schmelzen wie Eis in der Sonne.«

Ich lachte ein bisschen. Es stimmte allerdings, ich liebte Dudelsackklänge und bekam immer Gänsehaut, wenn ich sie hörte, so als erreiche mich aus weiter Ferne ein lockender Ruf.

Anders hob die Hand und strich mir übers Haar. »Du hast noch alles vor dir, das ganze Leben. Die Sache mit Mister Ekelpaket war nur eine kurze Episode.«

»Du redest wie Tante Thisbe«, warf ich ihm vor und dachte dabei, dass er selbst noch keinen Liebeskummer durchgestanden hatte, weil er nie wirklich verliebt gewesen war, bis auf ein paar Schwärmereien für Mädchen, die nichts davon gewusst und ihn nicht weiter beachtet hatten, denn auf den ersten Blick war er nicht besonders anziehend. Sein Gesicht war dicklich, die blonden Haare dünn und glanzlos. Seine Beine wirkten relativ kurz im Vergleich zu seinem langen Oberkörper. Doch er hatte schöne Augen, klar und offen und von wechselndem Blau. An der Farbe seiner Augen konnte ich ablesen, wie er sich fühlte, ob er traurig oder froh, mitleidig oder zornig war.

In meine Gedanken hinein hörte ich ihn sagen: »Es wird eine spannende Zeit werden, ich spür's in allen Knochen.«

»Wenn es nur endlich so weit wäre!«

»Drei Wochen noch, das ist nicht mehr lang. Einundzwanzig Mal schlafen, dann sind wir weg.«

Das klang wie in unserer Kindheit: Noch zehnmal, fünfmal, dreimal schlafen, dann ist Weihnachten, Geburtstag, dann sind große Ferien. Anders wünschte ich eine schottische Liebe, nicht mir. Für mich

selbst hoffte ich auf ein Ende des ewig gleichen quälenden Gedankenkarussells.

Ich erwartete kein Abenteuer, auch keine großen
Gefühle.

In dieser Nacht träumte ich wieder von dem Haus
mit seinem Labyrinth aus Gängen und Treppenflu-
ren. Ich lief die Korridore entlang, tastete mich durch
enge, stockdunkle Kammern und gelangte in einen
Saal. Hier waren die Fenster und Spiegel mit schweren Stoffbahnen verhängt. Dunkle Flecken bedeckten
die Bodendielen. Ich wusste, es war Blut. Die Spuren
führten zu einer Kammer, in der ein Bild hing. Die
Leinwand war zerschnitten. Während ich dastand
und auf das zerstörte Gemälde sah, verschwand das
Bild und vor mir öffnete sich die Wand.

Im Traum spürte ich, wie heftig mein Herz pochte.
Hinter der Wand befand sich eine Art Höhle. Kalter, dumpfer Geruch entströmte ihr. Alles war dunkel
dort drin und doch erkannte ich die schattenhaften
Umrisse einer Gestalt.

Es war ein Mann. Das wusste ich, obwohl ich sein
Gesicht nicht erkennen konnte. Ich wusste auch, dass
er mich ansah, spürte seinen Blick wie ein Brennen
auf der Haut, während wir uns regungslos gegen-
überstanden.

Ich fürchtete mich nicht vor ihm, doch jäh über-
kam mich das Gefühl von drohendem Unheil, als
ein Hagelschauer gegen unsichtbare Fensterscheiben

schlug. Nein, es war kein Hagel, es war Hufschlag, das Getrappel vieler Pferdehufe in der Ferne. Das Geräusch schwoll an, wurde lauter, bedrohlicher, dröhnte in meinen Ohren, brachte den Boden unter meinen Füßen zum Erbeben.

Flieh!, rief eine Stimme in meinem Kopf. Es war seine Stimme, die Stimme des Mannes in dem dunklen Raum. Und noch während ich den Ruf hörte, verschwand er, löste sich auf wie Rauch.

Mit einem Ruck erwachte ich.

Meine Hände und Füße waren eiskalt, ich zitterte heftig. Die Angst, das Gefühl drohenden Unheils aus meinem Traum, steckte mir noch in den Gliedern.

Erst in den Stunden vor dem Morgengrauen kam ich wieder zur Ruhe und schlief ein. Noch im Wegdämmern erwartete ich in einer Mischung aus Furcht und Hoffnung, den Traum weiterzuträumen. Doch natürlich erfüllte sich meine Erwartung nicht, denn Träume folgen ihren eigenen Gesetzen. Sie lassen sich weder herbeiwünschen noch verbannen. Sie kommen und gehen, wie es ihnen gefällt.

5

Es war nicht mein erster Flug, doch nie zuvor hatte
ich beim Start dieses wunderbare Gefühl von Freiheit
empfunden. Mit gewaltiger Kraftanstrengung hob
sich der riesige metallene Vogel in die Luft. Unter
Röhren und Dröhnen ließen wir die Erde tiefer und
tiefer unter uns und mir war, als könne ich alles ab-
streifen, was mich dort unten bedrückt hatte, um neu
zu beginnen.

Anders saß bleich und zusammengekauert neben
mir. »Wo ist die Tüte?«, fragte er undeutlich.

Ich gab sie ihm.

»Nur zur Vorsicht, falls mir was aus dem Gesicht
fällt«, murmelte er.

Dann brachte ihm der Steward einen Becher Me-
lissentee und ich hielt seine Hand. Langsam beruhig-
te sich sein Magen wieder.

Wir wechselten die Plätze, denn Anders wollte
nicht aus dem Fenster sehen. Inzwischen flogen wir
hoch über dem Meer. Schiffe, klein wie Libellen, zogen weiße Schleier hinter sich her. Wolkenschwaden
schienen wie Gebirge aus Zuckerwatte über dem eis-
blauen Wasser zu schweben.

Als wir die schottische Küste erreichten, sah es

eher aus, als würden wir Grönland überqueren. Doch die Schneewüste unter uns war in Wirklichkeit eine dichte Wolkendecke. Sie wurde grau wie Asphalt, undurchdringlich und düster. Der Flugkapitän sagte etwas von Wind und Regen. Da wir keine Landeerlaubnis bekamen, kreisten wir eine Viertelstunde in den Wolken.

Anders schwor mit schwacher Stimme: »Wenn wir heil da unten ankommen, stifte ich in einer schottischen Kirche eine Kerze.«

Dann setzte der Flieger plötzlich zur Landung an, durchstieß die Wolkendecke, senkte sich in wiegendem, fast tänzerischen Flug immer tiefer hinab. Schaukelnd näherten wir uns der Landebahn, setzten rumpelnd auf, fuhren mit Brausen und gewaltigem Tempo über den betonierten Boden.

Wie angekündigt empfingen uns Wind und Regen. Ich streckte die Nase in die Luft. Sie roch süßlich und herb. Malz von den Whiskydestillerien, behauptete Anders, der wieder Farbe bekam und plötzlich Hunger hatte.

»Wir suchen uns irgendwo eine kleine Kneipe und essen was, sobald wir unser Gepäck zu Ms Finlayson in die Pension gebracht haben. Hast du den Stadtplan?«

Mit dem Bus fuhren wir vom Flughafen zum Bahnhof Waverley Station und stiegen dort in eines der altmodischen schwarzen Taxis. Alles, was ich durch die Scheiben von dieser unbekannten Stadt sah, erschien mir spannend und aufregend – die mächtige Burg hoch auf dem Hügel, die eleganten grauen Fassaden der Häuser, die Menschen, die wie in einem Ameisenhaufen durcheinanderhasteten, jeder einem unbekannten Ziel entgegen.

»Lass uns wenigstens morgen noch in Edinburgh bleiben!«, sagte ich.

»Das Mietauto muss spätestens um halb zwölf abgeholt werden.«

»Na und? Ich rufe beim Autoverleih an und sage Bescheid, dass wir erst übermorgen kommen.«

Anders mochte keine Städte. Ich schlug ihm vor, er solle ins Museum gehen, während ich mir Edinburgh ansah. »Das Museum of Scotland ist sehr interessant und eine Fundgrube für jeden, der sich für schottische Geschichte interessiert, steht im Reiseführer.«

Unsere Frühstückspension befand sich in einem schmalen viktorianischen Reihenhaus mit Hochstammrosen im Vorgarten. Ms Finlayson, die Besitzerin, war eine große, kräftige »Wikingerfrau«, wie Tante Thisbe sie genannt hätte. Ihre drahtigen Haare standen von ihrem Kopf ab wie Putzwolle, ihre linke große Zehe bohrte sich durch den Filzpantoffel. Der Anblick reizte mich so zum Lachen, dass ich in krampfhaftes Husten ausbrach.

»Haben Sie sich errrkältet, Dearrrie?«, fragte sie besorgt. »Diese Flugzeuge mit den Klimaanlagen, das ist rrrichtiges Teufelszeug, sage ich immer. Nichts wie herrrein, ich koche Ihnen eine schöne Tasse Tee.«

»Witzig, dieser schottische Dialekt!«, sagte mein Bruder später. Wir saßen zum Abendessen in einer Kneipe, die wie ein überfüllter Trödelladen wirkte und »Dirty Dicks« hieß. »Hast du bemerkt, wie unsere Landlady das ›R‹ rollt?«

»Die Schotten reden ganz anders als die Engländer. Sie singen irgendwie. Es klingt zum Verlieben – so freundlich und locker.«

Anders wischte sich mit einer Serviette die Mayonnaise vom Kinn. »Ich verstehe sie nur nicht.«

»Das ist ganz normal. Stell dir vor, ein Norddeutscher kommt zum ersten Mal nach Bayern. So ähnlich ist das, wenn wir hier mit unserem Schulenglisch unterwegs sind.«

Als wir die Kneipe verließen, hatte es aufgehört zu regnen. Wir stiegen den Burgberg hinauf, über viele Treppen und durch die Altstadt, die »Auld Reekie« genannt wird – die »alte Verräucherte«. Sie war auf einem erkalteten Vulkan erbaut, stand im Reiseführer. Darüber erhob sich die gewaltige düstere Burg, die beleuchtet war, wie eine Filmkulisse gegen den dunklen Himmel ab.

Wir sahen auf die Dächer hinunter, die verwinkelten Straßen und Gassen und Durchgänge, die Türme und Kamine.

Welche finsteren Taten waren wohl im Laufe der

Jahrhunderte hier begangen worden? Was hatte sich alles abgespielt – Mord, Verfolgung, Verrat, Seuchen, Hungersnöte, bittere Armut, Verzweiflung, Liebe, rauschende Feste …

»Blut und Tränen und Gewalt stecken in den alten Mauern«, flüsterte mir Tante Thisbe ins Ohr. »Häuser vergessen nichts!«

»Auf der Burg soll es einen Hexenbrunnen geben«, hörte ich Anders sagen. »Um fünfzehnhundert herum haben sie hier mehr als dreihundert Frauen verbrannt. Willst du ihn dir ansehen?«

Ich schauderte. »Nein, lass uns gehen. Ich bin müde.«

Eine Kirchturmuhr verkündete mit melodischem Glockenschlag, dass es elf Uhr war. Aus den engen schwarzen Durchgängen zwischen den Häuserzeilen wehte uns feuchter Modergeruch entgegen. Ein Schwarm junger Leute zog lachend und kreischend vorbei.

Es begann wieder zu regnen. Arm in Arm rannten wir die steil abfallenden Straßen hinunter. Einmal glitt ich auf dem schlüpfrigen Pflaster aus, aber Anders hielt mich fest.

Im Schutz eines Kirchenportals stand ein hagerer, bärtiger Mann im Schottenrock und spielte auf dem Dudelsack. Wir legten ein paar Münzen in den Korb zu seinen Füßen.

Die wehmütige, sehnsuchtsvolle Melodie seiner

Pfeifen begleitete uns bis zur Waverley Bridge. Ich dachte an Ashgrove Hall. Irgendwo in der Dunkelheit, fern der alten Stadt lag das einsame Haus und wartete auf uns.

6

Den Schlüssel fanden wir, wie vereinbart, in einem Blumentopf aus schwarzem Marmor, der einer Urne glich. Im Topf wucherten Brennnesseln und mittendrin steckte der Schlüssel, als wolle jemand einen üblen Scherz mit uns treiben.

Ich zog meine Jacke aus, wickelte sie mir um die Hand und fischte den Schlüssel damit heraus. Er war groß und schwer, ein Schlüssel, den man nicht so leicht verlieren konnte.

Wir hatten das Mietauto vor dem Tor stehen lassen, da sich der linke Torflügel nicht öffnen ließ. Die Auffahrt war gepflastert, aber so von Unkraut überwachsen, dass man die Steine kaum noch sah.

Ashgroves Park war voll hoher, dicht belaubter Bäume, aus denen der Wind Regentropfen auf unsere Köpfe schüttelte. Die alten Baumriesen warfen ihre Schatten über eine Wildnis aus Büschen, Brombeersträuchern und Brennnesselfeldern, Disteln, Giersch und Bärenklau. Dazwischen bahnten sich die Ranken verwilderter Rosen mit weißen und blassrosa Blütenbüscheln ihren Weg ans Licht.

Noch war nichts vom Haus zu sehen. »Wahrscheinlich ist es hinter Dornenhecken verschwunden wie bei Dornröschen«, vermutete Anders. »Hast du eine Schere in der Tasche? Falls wir uns den Weg zur Eingangstür frei schneiden müssen.«

Die Luft war erfüllt von Düften und von Schwirren, Raunen und Säuseln. Vögel sangen in den Wipfeln und Zweigen.

Wir stiegen eine Treppe hinauf, die von steinernen Vasen flankiert war.

Anders sah sich begeistert um. »Dass es solche Orte noch gibt! Erst wenn wir Menschen verschwinden, können solche Zaubergärten entstehen. Ist dir klar, was für Glückspilze wir sind, dass wir hier wohnen dürfen, Merle?«

Flüchtig dachte ich, dass sich noch herausstellen würde, ob wir wirklich Glückspilze waren. Noch hatten wir das Haus nicht betreten, es nicht einmal gesehen. Vielleicht war es eine halbe Ruine. Vielleicht wuchsen Pilze an den Wänden, rankten sich Schlingpflanzen durchs Dach und Brombeerranken hatten die Fensterscheiben eingedrückt …

»Großvaters Garten«, sagte Anders leise. »Weißt du noch?«

Ich nickte. Großvater hatte einen wunderbar verwilderten Garten gehabt, in dem wir als Kinder oft gespielt hatten. Dann war er gestorben und Vater hatte den Garten verkauft, weil es wertvolles Bauland war. Heute standen drei hässliche Einfamilienhäuser darauf. Die Erde, aus der einst Blumen und Bäume und Kräuter gewachsen waren, war zubetoniert worden.

Hier durfte noch alles ungehemmt leben und wachsen.

Unwillkürlich fassten wir uns an den Händen. Wir kamen an eine Wegbiegung, wo die Äste und Zweige und Wipfel der Bäume eine Art Baldachin bildeten und den Himmel verbargen.

Es seien Eschen, meinte mein Bruder, der sich mit Bäumen auskannte. Ich erwiderte, dass es ja nicht anders sein könne, weil »Ashgrove« so viel bedeute wie »Eschengrund«.

Das Haus war wie ein Teil von allem, als wäre es selbst wieder ein Stück Natur geworden, von Efeu umhüllt. Wie ein großes pelziges Tier sah es aus, mit vielen schimmernden Augen und Hauben aus Schindeln, aus denen die Kamine wie dicke Fühler ragten.

Es glich dem Gebäude auf Tante Thisbes Foto nur sehr entfernt. Vor fünfzehn Jahren war es wohl noch kein Klettergerüst für den Efeu gewesen, der es umschlang und die harten Ecken und Kanten, die Vorsprünge und Erker verschwinden ließ und die Gebäudeteile in weichen Linien miteinander verband.

»Du hast dir doch eine Bärenhöhle gewünscht«, sagte Anders.

Wir waren stehen geblieben. Auf Ashgrove Hall konnte man nicht einfach nur einen Blick werfen und weitergehen. Jeder Regisseur von Gruselfilmen, jeder Autor von Gothic Novels wäre in Jubelschreie ausgebrochen.

Das verlassene Haus hatte Bewohner. Das merkten wir, als wir zur Freitreppe kamen. Ein Schwarm Vögel flatterte aus dem Efeu auf und stob mit schwirrendem Flügelschlag davon.

In der Eingangshalle roch es wie in einem Mausoleum. Wir stellten erst mal die Reisetaschen ab. Unsere Rucksäcke waren noch im Kofferraum des Wagens.

Sofort begann mein Bruder zu niesen.

»Staub!«, schniefte er. »Tonnen von Staub! Das kann ja heiter werden …«

Ich suchte nach dem Lichtschalter, denn im Haus herrschte mitten im Sommer Zwielicht und ich konnte nur die Umrisse einiger Möbelstücke und einer Treppe sehen, die offenbar die halbe Halle einnahm. Falls es Fenster gab, waren sie längst zugewachsen.

»Dieser Verwalter«, hörte ich Anders sagen, unterbrochen von dreimaligem Niesen. »Wieso ist er nicht hier? Wir wissen nicht mal, welche Zimmer wir beziehen sollen.«

»Er kann nicht hier sein. Woher hätte er wissen sollen, wann wir ankommen?«

»Hast du seine Telefonnummer?«

»Ich dachte, du hättest sie dir aufgeschrieben. Er heißt MacDagobert oder so ähnlich …«

Anders prustete los. Ich hätte nicht sagen können, ob es ein Nieser oder ein Lachen war oder eine Mischung aus beidem.

»MacDonald! Nein, ich habe die Nummer nicht, aber er wird schon auftauchen. Wir quartieren uns einfach irgendwo ein, wo es uns gefällt. Vielleicht hätten wir Glühbirnen mitbringen sollen.« Er schnaubte in sein Taschentuch.

Endlich hatte ich den Lichtschalter gefunden. An dem Kronleuchter aus Hirschgeweihen flammte nur eine Glühbirne auf, und der Lichtschein, den sie verbreitete, war äußerst dürftig. Immerhin konnten wir jetzt die gewaltige Treppe genauer sehen, die von Säulen mit Löwenköpfen flankiert war, und oben eine Art Galerie wie in einem Theatersaal.

Zwischen den Schränken, Truhen und Kommoden hingen Bilder in schweren Goldrahmen und mannshohe Spiegel. Es gab große, dunkle Standuhren, geraffte Vorhänge und jede Menge Türen. Auf den schief getretenen Steinfliesen lagen Teppiche, die vermutlich sehr wertvoll, aber von Motten angenagt waren.

»Hier unten sind sicher die Wohnräume«, sagte Anders, nachdem wir uns eine Weile stumm umgesehen hatten. »Die Schlafzimmer werden oben sein.«

Ich öffnete die nächstbeste Tür. Ein Schwall verbrauchter Luft schlug uns entgegen – es roch nach kaltem Rauch, Asche, Staub, altem Leder, gemischt mit einem Hauch Parfum. Auch hier herrschte Dämmerlicht. Die Wände waren voller Regale, in denen Unmengen von Büchern standen. Efeuranken scharrten draußen im Wind über die bleiverglasten Scheiben der Fenster.

»Die Bibliothek«, sagte ich.

Daneben lag ein quadratischer Raum mit abgewetzten Ledersesseln, den wir für das Wohnzimmer hielten; anschließend kam ein kleineres Zimmer mit chinesischer Seidentapete und zierlichen Möbeln, einem runden Tisch und zwölf unbequem aussehenden Stühlen – der Frühstücksraum, wie Anders meinte. Dann ein Kämmerchen, in dem eine sehr altmodische Toilette untergebracht war. Da ich während der Fahrt Tee getrunken hatte und dringend musste, setzte ich mich auf die hölzerne Klobrille. Die Toilettenschüssel war mit Veilchen und Geißblattranken verziert. Über mir hingen Spinnennetze, der Boden war mit toten Käfern und Fliegen übersät. Ich zog an der Kette und das Wasser rauschte und gurgelte vom Spülkasten ins Rohr und in die Schüssel … Eine braune Brühe, in der Rostteilchen schwammen.

Anders hatte ein Fenster in der Halle geöffnet. Efeuranken streckten ihre langen grünen Finger ins Hausinnere. Nachdem wir mindestens zehn weitere Zimmertüren geöffnet und wieder geschlossen hatten, fanden wir die Küche. Sie war etwa so groß wie ein Tanzsaal, mit niedriger, von schwarzen Balken getragener Decke, einem Spülbecken, das an einen Futtertrog erinnerte, und einem Elektroherd in einer rauchgeschwärzten Nische.

Hier hatte jemand eines der Fenster frei geschnitten. Die dünnen Strahlen der Abendsonne sickerten durch die bleigefassten Scheiben.

Ich sank auf einen Stuhl nieder. Plötzlich war ich sehr müde.

»Morgen früh suche ich nach dem Staubsauger«, murmelte ich. »Und einem Besen, um die Spinnweben von den Wänden zu kehren. Was hältst du davon, wenn wir uns erst mal eine Suppe kochen? Wo ist die Tüte mit den Lebensmitteln?«

»Im Auto. Ich hol sie.«

Mein Bruder verschwand. Er hatte es eilig, aus dem Haus zu kommen und all den Staub hinter sich zu lassen. Ich rief ihm nach, dass es eine Tür in der Küche gebe, die direkt in den Garten führe, doch er hörte mich nicht mehr. Vermutlich wäre er draußen auch nur in einem Dschungel von Brennnesseln und Brombeeren gelandet.

Zum ersten Mal war ich allein in Ashgrove Hall. Während ich am Küchentisch saß, den Kopf auf die Hände gestützt, die Augen geschlossen, wurde ich das verrückte Gefühl nicht los, dass das Haus mich beobachtete.

7

Abgesehen von Staub und Mäusekot, den Käfern und Motten und den toten und sehr lebendigen Spinnen war Ashgrove Hall ein wunderbares Haus, schöner, als man es sich in seinen fantasievollsten und romantischsten Träumen hätte ausmalen können.

Ich verliebte mich auf Anhieb in das alte Gemäuer mit seinen ineinander verschachtelten Gebäudeteilen aus mehreren Jahrhunderten, den Dutzenden von Räumen und dem Labyrinth aus Fluren und Hintertreppen, den gewundenen dunklen Gängen und Treppenabsätzen und den bleigefassten Fensterscheiben, die bei jedem Windstoß in den Rahmen klapperten.

Wir haben die Türen nicht gezählt. Es waren viele. Manche waren verschlossen; vielleicht führten sie zu den Räumen, die Lady Lilibeth und ihr Lebensgefährte bewohnten, wenn sie in Ashgrove waren. Ein Teil der Zimmer war ohne elektrisches Licht – finster und kalt und leer. In einigen hing noch der zarte Duft einer ehemaligen Bewohnerin in der staubigen, abgestandenen Luft.

An diesem ersten Abend fanden wir zwei Schlafzimmer im Obergeschoss, die nebeneinanderlagen.

Es gab eine Verbindungstür, doch sie ließ sich nicht öffnen. In jedem Raum war ein Marmorkamin, ein Himmelbett mit schweren Samtvorhängen und gepolsterte Fensterbänke. Hier hatten wohl einst die Frauen von Ashgrove gesessen, mit einem Buch oder einer Handarbeit im Schoß, und auf den Garten hinuntergesehen.

Anders stieg sofort auf einen Stuhl und machte sich daran, die Bettvorhänge abzunehmen, denn in ihrem reichen Faltenwurf hing der Staub von Generationen. Er rieselte durch Mottenlöcher und verbreitete sich wie graue Nebelschwaden in der Luft.

Ich ließ mein Bett so, wie es war. Es erinnerte mich an alte Märchenbücher und ich meinte, dass ich unter dem burgunderroten Baldachin und zwischen den vier gedrechselten Pfosten wie eine Prinzessin schlafen würde. An die Käfer und Spinnen, die im Betthimmel ihr Grab gefunden hatten, dachte ich lieber nicht.

Wir fanden kein frisches Bettzeug, aber die dicken Federbetten waren mit einer Art gelbem Damast bezogen, der wie Schmetterlingsflügel glänzte und ursprünglich wohl weiß gewesen war.

»Morgen suche ich nach der Waschmaschine«, sagte Anders. »So was abgefahren Modernes müsste es hier doch irgendwo geben, oder was meinst du? Bestimmt verbringe ich die ganze Nacht mit Niesorgien …«

Wir schleppten unser restliches Gepäck und eine weitere Tüte voller Lebensmittel durch den Park. Unter den Baumwipfeln, den Laubengängen und zwischen den Eibenhecken von der Höhe eines Einfamilienhauses wurde es schon dunkel.

Während ich meine Sachen auspackte und in die Schubladen einer Kommode legte, klingelte in den Tiefen des Hauses ein Telefon.

Wir waren gleichzeitig auf dem Flur.

»Wo ist es?«, fragte ich.

»Keine Ahnung. Irgendwo unten. Es klingt, als käme es aus der Halle.«

Wir rannten die Galerie entlang und waren die Treppe noch nicht zur Hälfte hinunter, da hörte es auf zu läuten.

»Mist!«, keuchte Anders. »Das war sicher der Verwalter. Oder Lady Lilibeth. Oder Mama.«

Unschlüssig blieben wir stehen. Wieder klingelte es. Wir hechteten in die Halle.

»Es muss jemand sein, der weiß, wie groß das Haus ist!«

Ich fiel beinahe über die letzten beiden Treppenstufen. Die Deckenlampe brannte zwar, kam aber nicht wirklich gegen die Düsternis der Halle an.

»Dort auf der Konsole!«, hörte ich Anders sagen. »Pass auf, stolpere nicht über die Schnur …«

Es war Tante Thisbe. »Hallo Kinder«, sagte sie. »Ihr seid also angekommen. Eure Handys funkti-

48

onieren nicht. Wahrscheinlich sitzt ihr in einem Funkloch. Wie schön, dass noch nicht die ganze Welt voller Sendemasten ist! Wie geht's euch so im Haus der Geister?«

»Fantastisch!« Mir wurde klar, dass es stimmte und dass ich seit Stunden kein einziges Mal an zwei bewusste Personen gedacht hatte. »Es ist ein Haus wie aus einem dieser Jane-Austen-Filme. Weißt du noch, ob es hier eine Waschmaschine gibt? Anders hat eine Stauballergie, er kommt aus dem Niesen gar nicht mehr raus.«

»Ich hör's.« Sie lachte ihr Koboldlachen. »Da fragst du mich was … Könnte sein, dass Lilibeth ihre Wäsche außer Haus gibt, wenn sie in Ashgrove ist. Früher hat eines der Dienstmädchen immer die Sachen aus der Wäschekammer geholt. In alten Zeiten gab es nämlich noch jede Menge Personal – Gärtner, Hausdiener, eine Köchin und Stallburschen. War der Verwalter schon da?«

»Bis jetzt hat er sich nicht blicken lassen.«

»Er wird schon noch auftauchen. Lilibeth ruft ihr besser nicht an. Sie hasst es, wenn man sie mit irgendwelchem Kleinkram belästigt. Falls das Haus brennt oder das Dach einstürzt, kann sie es von der Schweiz aus sowieso nicht ändern.«

»Sehr witzig«, murmelte ich. »Weißt du, wie und wo man die Heizung anstellt? Das Wasser kommt nur lauwarm aus den Leitungen.«

»Nein, wirklich nicht! Das müsst ihr diesen Mac-Dagobert fragen.«

»MacDonald«, verbesserte ich mit einem Lachen in der Stimme.

»Ich merke schon, dir geht's besser, Merlekind. Sehr schön. Ich hab gewusst, dass es so sein würde. Ich melde mich wieder.« Und schon hatte sie aufgelegt.

Ich überlegte, wer wohl zuletzt unter diesem Betthimmel geschlafen hatte, als ich mich mit dem dicken Federbett zudeckte. Es roch nach Lavendel und Mottenpulver und natürlich nach Staub, auch ein wenig nach Moder. Die Geschichten über Dornröschen und Dracula fielen mir ein und die Prinzessin auf der Erbse.

Von Anders war nichts zu hören, kein Niesen, kein Schniefen. Dabei trennte uns nur eine Wand. Die Mauern von Ashgrove Hall schienen sehr dick zu sein und keiner konnte wissen, welche Geheimnisse sie bargen.

Einer der Fensterflügel stand offen. Die Nachtluft strömte wie frischer, lebendiger Atem herein. Sie bewegte den Faltenwurf des Himmelbetts und raschelte im Efeu.

Ein feiner Mondstrahl blitzte im Glas der Scheiben und zog seine silbrige Bahn über die Eichendielen. Und was ich im Schein der Stehlampe nicht bemerkt hatte, sah ich jetzt im Mondlicht: Auf den Dielenbrettern zeichneten sich dunkle Flecken ab.

Jemand musste hier etwas verschüttet haben – vor Tagen, Wochen oder Jahren. Im Einschlafen fragte ich mich wieder, wer diesen Raum wohl zuletzt bewohnt haben mochte. Er wirkte wie das Schlafzimmer einer Frau, mit all den zierlichen Möbelstücken. Doch sicher hatte es eine ganze Reihe von Bewohnerinnen gegeben, denn der Raum befand sich im Mitteltrakt des Hauses, der vermutlich der älteste Gebäudeteil von Ashgrove Hall war.

In der Wildnis des Gartens begann ein Vogel zu singen. Ich wusste, es musste eine Nachtigall sein, obwohl ich nie zuvor eine hatte singen hören. Ich versuchte zu lauschen; und während die süßen, lockenden Töne durch die Dunkelheit schwebten, wurde ich vom Schlaf weggetragen. Es war ein Gefühl, als würde ich auf weichem, warmem Wasser treiben und schließlich darin versinken.

Ich schlief sehr tief und erwachte vom ersten Tageslicht, das durch den Efeubewuchs grünlich gefärbt war. Sofort wusste ich, dass ich in Schottland war, in Ashgrove, und dass ich etwas geträumt hatte, woran ich mich erinnern sollte. Doch der Traum war verschwunden, so lange und heftig ich auch grübelte. Ich wusste nur noch, dass er mit den Flecken auf dem Boden zu tun hatte.

Draußen sangen Amseln und Rotkehlchen, Drosseln und jede Menge anderer Vögel, deren Namen ich nicht kannte. Noch nie hatte ich einen solchen Chor von Vogelstimmen gehört. Wie hatte ich nur vergessen können, wie wunderbar das Leben war?

Ich nahm mir vor, immer an diese frühe Morgenstunde in Ashgrove zu denken, wenn ich wieder einmal verzweifelt und unglücklich war und mich am liebsten in Luft aufgelöst hätte.

Irgendwann wurde an die Tür geklopft. Ich hörte Anders' gedämpfte Stimme: »Merle, bist du wach? Ich kann nicht mehr schlafen. Meine Nase ist total zugeschwollen!«

Ich schwang die Beine über die Bettkante. Das Bett war so hoch, dass ich den Fußboden kaum mit den Zehenspitzen erreichte.

»Du brauchst ein Nasenspray!«, rief ich zurück. »Pass auf, du fährst gleich nach dem Frühstück in diesen Ort, Blana-Sowieso. Da gibt es sicher einen Drugstore oder einen Supermarkt, wo du ein Spray oder was anderes gegen die Allergie findest. Inzwischen sauge ich dein Zimmer durch, lüfte deine Betten und schaue, dass ich alles frisch beziehen kann.«

Das Bad mit den blumenverzierten Kacheln und der Wanne, die auf Löwenfüßen aus Messing stand, hätte sich auch in einem Museum gut gemacht. Eine Dusche gab es nicht. Ich stieg in die Wanne und wusch mich unter dem fließenden Wasser. Obwohl ich den Warmwasserhahn voll aufdrehte, kam nur lauwarmes Wasser, braun und mit Rostteilchen. Es wurde zwar sauberer, aber immer kühler, je länger es lief.

Anders kam mir im Schlafanzug entgegen.

»Ich fürchte, ich hab das warme Wasser aufgebraucht«, gestand ich schuldbewusst. »Eigentlich dachte ich, es würde mit der Zeit wärmer, aber es war genau umgekehrt.«

Als ich meine Zimmertür öffnete, fiel mein Blick auf den Fußboden. Der Nachtwind hatte Wollmäuse unter dem Bett hervor- und aus den Ecken geweht und im Raum verteilt. Ich ging zu der Stelle, an der ich beim Einschlafen die dunklen Flecken bemerkt hatte.

Die Flecken waren verschwunden.

Vielleicht hatte mir das Mondlicht einen Streich gespielt, vielleicht waren sie nie da gewesen? Ich bückte mich und wischte Wollmäuse und Staub vom Eichenholz. Nichts. Dabei hätte ich schwören können, dass es genau die Stelle gewesen war, direkt unter der Deckenlampe.

Anders' Nase war dick und rot, sein ganzes Gesicht wirkte verschwollen. Wir frühstückten in der Küche, Roggenbrot mit Butter und schottischem Heidehonig. Dazu tranken wir Instantkaffee, der wie Schnupftabak schmeckte.

»Bring richtigen Kaffee mit!«, sagte ich. »Und Gemüse. Und Obst.«

»Willst du nicht mitkommen?«

»Ich schwinge erst mal den Staubwedel. Vielleicht taucht ja auch der Verwalter auf. Einer muss mit ihm reden, vor allem wegen des warmen Wassers. Falls es eine Bäckerei gibt, kauf diese süßen Rosinenbrötchen, Scones heißen sie. Erdbeermarmelade brauchen wir auch. Die gehört auf die Scones. Und diese dicke Sahne, Clotted Cream.«

Dann war ich allein in dem riesigen Gemäuer, das eigentlich für Großfamilien mit Gouvernanten und Musiklehrern, für Heerscharen von Kammerzofen und Stubenmädchen, Köchinnen, Butler und Hausdiener gebaut und immer wieder erweitert worden war, für Jagdgesellschaften, Tanzveranstaltungen, Gäste, die mit Dienstboten und Kutschen voller Gepäck anreisten und wochenlang blieben, so ähnlich wie Tante Thisbe es gemacht hatte. Doch als sie hierherkam, war Ashgrove Halls Glanzzeit schon vorüber gewesen. Wie hatte sie die Hall genannt? »Haus der Geister« …

Ich vernahm den Klang meiner Schritte auf dem Eichenboden und den abgetretenen Küchenfliesen, gedämpfter auf den Teppichen und den knarzenden Türschwellen. Manche der Türen ächzten in den Angeln wie alte Leute, die widerstrebend ihre schmerzenden Glieder bewegen.

Neben der Küche und der Speisekammer gab es einen kleineren Raum, der mit allerhand historischem Haushaltsgerät gefüllt war, mit Staubwedeln aus Hühnerfedern, einer Teppichkehrmaschine, Emailleeimern, rußgeschwärzten Eisenteilen, um Kamine zu säubern, und einem Staubsauger, der wie eine Rakete aussah.

Ich zerrte ihn auf den Flur und in die Küche. Kaum war der Stecker in der Dose, gab er ein fürchterliches Röhren von sich, hustete ein paarmal und saugte sich an der Ecke eines Teppichs fest. Ich säuberte den Küchenboden.

Dann schleppte ich das riesige Raketenteil die Treppe hinauf und durch all die Gänge und Korridore ins Zimmer meines Bruders. Dort zog ich die Betten ab und legte sie zum Auslüften auf die Fensterbänke. Dunstschleier hingen zwischen den Baumwipfeln. Ich saugte den Boden und die Teppiche und alles, was mir in den Weg kam, Polstersessel, die Sitzpolster der Stühle, die Matratze, den Kaminvorleger.

Der Staubsauger machte so einen Lärm, dass ich nichts anderes hörte als sein Röhren und Husten. Doch manchmal braucht man weder Augen noch Ohren, um etwas wahrzunehmen. Während ich die vertrockneten Efeublätter aufsaugte, die der Wind durchs Fenster hereingeweht hatte, spürte ich plötzlich, dass ich nicht allein war.

Ich drehte mich um. Auf der Türschwelle saß ein großer, struppiger Hund und beobachtete mich mit seinen dunkelbraunen Augen.

8

Für Sekunden dachte ich, er wäre nur eine Erscheinung – ein Hund, der vor langer Zeit in Ashgrove gelebt hatte und dessen Geist nun auf ewig dieses Haus bewachte. Doch dann erhob er sich langsam und würdevoll – schien gleichsam seine langen, knochigen Beine zu sortieren – und kam auf mich zu. Er war der größte Hund, den ich je gesehen hatte. Sein Fell war von dunklem Blaugrau, gemischt mit helleren Flecken, seine Bewegungen erstaunlich geschmeidig.

Ich schaltete den Staubsauger aus und wartete. Angst hatte ich nicht, denn er strahlte Ruhe und Gutmütigkeit aus, das spürte ich.

Vorsichtig streckte ich die Hand aus. Er beschnupperte meine Handfläche mit seiner langen, schmalen Schnauze. Seine Barthaare streiften meine Fingerspitzen, sein Schwanz klopfte auf den Boden. Ich nahm es als Zeichen von Freundlichkeit wie ein Lächeln zwischen Menschen, die einander gerade erst kennenlernen.

»Hallo!«, sagte ich leise. »Wie kommst du denn hierher?«

Irgendwo im Haus rief eine Männerstimme: »Rob!

Rob Roy!« Und dann noch etwas, was ich nicht verstand.

Der Hund hob den Kopf und spitzte die Ohren, die im Vergleich zu seiner sonstigen Größe überraschend zierlich waren. Als er sich umdrehte und zur Tür lief, dachte ich, dass er etwas Hoheitsvolles ausstrahlte. Es hätte mich nicht gewundert, wenn er sein Fell abgestreift und sich in einen Prinzen verwandelt hätte.

Im Haus rumorte es. Der Hund wusste sicher, woher die Geräusche kamen. Ich stieg über die Staubsaugerschnur und folgte ihm. Vermutlich war MacDonald, der Verwalter, endlich gekommen, um nach dem Rechten zu sehen.

Er war ein kräftiger, vierschrötiger Mann mit einem Mopp rötlich grauer Haare, rotem Backenbart und funkelnden blauen Augen. Als er den Mund aufmachte, sprach er mit dröhnender Stimme in breitem schottischem Dialekt.

Ich lauschte, fasziniert und erschrocken zugleich, denn ich musste höllisch aufpassen, um wenigstens einen Teil seiner Rede zu verstehen. Immerhin begriff ich, dass er von Lady Campbell redete, davon, dass sie ihn um irgendetwas gebeten habe – wobei sich sein Gesicht verdüsterte, als gefiele ihm das nicht besonders –, dass er eigentlich keine Zeit habe, sich um uns zu kümmern – ein weiterer finsterer Blick –, und dass die Heizung nicht richtig funktioniere, wie wir vielleicht schon bemerkt hätten.

58

Ich nickte. Ehe ich etwas erwidern konnte, fügte er hinzu, der Heizungsmonteur sei krank und könne nicht kommen.

»Ist nicht mein Fehlerrr, Miss«, verkündete er. »Ich kann's nicht änderrrn.« Dann folgte etwas Unverständliches. »Sie müssen halt irrrgendwie zurrrechtkommen. Wo ist der anderrre?«

»Mein Bruder ist nach Blanachullish zum Einkaufen gefahren«, erwiderte ich in meinem besten Schulenglisch.

Der graue Hund saß zwischen uns und hörte zu. Sein Blick wanderte von seinem Herrn zu mir und wieder zurück. MacDonald deutete auf ihn und erklärte, wobei er die R dramatisch rollte, Rob Roy sei ein Schottischer Jagdhund. »Uralte Hunderasse, wurde schon von den Kelten zur Wolfsjagd gezüchtet. Nun, Miss, wo haben Sie sich einquartiert?«

Ich deutete nach oben. »Wir wussten nicht, welche Zimmer wir nehmen dürfen. Deshalb haben wir uns einfach in der oberen Etage zwei Räume mit einer Verbindungstür ausgesucht. Allerdings lässt sich die Tür nicht öffnen.«

Der Ausdruck von Ungeduld oder Ärger in seinem Gesicht verwandelte sich in Besorgnis. Schweigend machte er sich auf den Weg zur Treppe und stapfte mit schweren Schritten die Stufen hinauf. Rob Roy und ich folgten ihm unaufgefordert.

Offenbar hatten wir etwas falsch gemacht, Anders

und ich. Doch wenn ja, was? Niemand hatte uns gesagt, dass ein Teil der unverschlossenen Räume tabu für uns war. Es war ja auch keine Menschenseele hier gewesen, um uns einzuweisen.

An der Zielsicherheit, mit der er den Weg zu unseren Zimmern ansteuerte, erkannte ich, dass er wusste, wo wir uns einquartiert hatten.

Er blieb eine Weile auf der Türschwelle zu Anders' Zimmer stehen und starrte auf den Staubsauger, als wäre er ein unbekanntes Flugobjekt.

Dann marschierte er über den Teppich, drehte am Messingknauf der Verbindungstür, stieß ein Schnauben aus, kam zurück, ging an mir vorbei und trabte ins Nebenzimmer, in dem ich die letzte Nacht verbracht hatte.

»Sie werden's schon merken«, sagte er über die Schulter. »Mir kann's egal sein. Aber mich würden keine zehn Pferde dazu bringen, hier zu schlafen. Jeder nach seinem Geschmack. Aye.«

Aye? Das war wohl eine schottische Bekräftigung seiner Rede. Er gab sich jetzt Mühe, deutlich zu sprechen, und ich verstand ihn, aber irgendwie auch wieder nicht. Das heißt, ich verstand die Worte, aber nicht ihren Sinn.

Rob Roy blieb neben mir auf der Türschwelle stehen, den Schwanz zwischen die Hinterbeine geklemmt. Ich fragte: »Wie meinen Sie das?«, aber der Verwalter war offenbar der Ansicht, dass er genug gesagt hatte. Stumm stapfte er wieder an mir vorbei und den Korridor entlang.

Drunten in der Halle ließ er sich immerhin dazu herab, mir die Wäschekammer zu zeigen. Sie war mit Glasschränken gefüllt, in denen endlose Stapel von Bettbezügen aus weißem Damast lagen, mit Spitzeneinsätzen und gestickten Monogrammen verziert.

Dann kam Anders mit einem Karton voller Lebensmittel zurück. Er stellte Fragen wegen des Warmwassers, unterbrochen von Niesanfällen, und ich musste übersetzen, denn er verstand MacDonald nicht und MacDonald verstand ihn nicht.

»Er sagt, der Heizungsmonteur ist krank und wir sollen uns damit behelfen, Wasser im Kessel zu erhitzen.«

»Sehr witzig! Gibt es keinen anderen Heizungsmenschen, der die Reparatur vornehmen kann?«

»Offenbar nicht, jedenfalls nicht hier in der Gegend. In Inverness schon, meint er, aber so weit fährt keiner, und wenn doch, würde die Anfahrt ein Vermögen kosten.«

»Allmächtiger, das darf doch nicht wahr sein! Wir können nicht mal duschen! Frag ihn, wie lang es dauert, bis einer kommt und den Boiler wieder zum Funktionieren bringt.«

MacDonald zuckte mit den Schultern. Krankheiten, sagte er, wären eine Sache für sich, man würde nicht drinstecken, es könne unter Umständen länger dauern.

Langsam begann ich mich etwas an seinen Dialekt zu gewöhnen.

»Was fehlt ihm denn? Dem Heizungsmenschen, meine ich.«

Der Verwalter erklärte mit geheimnisvoller Miene, es sei eine seltene Krankheit mit einem lateinischen Namen, den er vergessen habe. Ich las im Gesicht meines Bruders, dass er ihm nicht glaubte. So ging es eine Weile hin und her. Rob Roy hatte angefangen den Karton zu untersuchen, den Anders mitgebracht hatte. Ich gab ihm eins von den Rosinenbrötchen. Er nahm es huldvoll entgegen wie ein Herrscher, dem man den ihm gebührenden Tribut zahlte.

MacDonald führte uns in den Hauswirtschaftsraum und zeigte uns, wie die Waschmaschine funktionierte. Dann verschwand er sehr plötzlich und ohne Abschied, wahrscheinlich um weiteren Fragen zu entgehen.

Ich kochte Tee, schnitt die Scones auf und bestrich sie mit Clotted Cream und Erdbeermarmelade, während Anders sein Zimmer fertig saugte. Nach dem »Cream Tea« bezogen wir gemeinsam die Betten.

»Ein schrecklicher alter Stinkstiefel«, erklärte mein Bruder mit Schniefstimme.

»MacDonald? Findest du? Ich mag ihn irgendwie, ihn und seinen Hund. Die beiden sind so … schottisch. Ich kann mir richtig vorstellen, wie sie durchs Gebirge streifen, er im Kilt und mit einem Dudelsack unterm Arm …«

Anders lachte. »Er wünscht uns jedenfalls zum Teufel, darauf könnte ich wetten. Und diese Story mit dem Heizungsmonteur … Wir hätten uns seine Telefonnummer geben lassen sollen. Wenn wir die Sache nicht selbst in die Hand nehmen, stehen wir in einem Monat immer noch ohne warmes Wasser da.«

»Ärgere dich nicht!«, sagte ich. »Es ist so wunderbar hier, ich komme mir vor wie in einem Roman. So viel Glück hätte ich uns beiden nie zugetraut. Dafür müssten wir Tante Thisbe fast die Füße küssen.«

Mein Bruder zog ein Schnupfenspray aus der Hosentasche. »Das Paradies stelle ich mir anders vor, ohne Milben und Mäusedreck und vor allem mit fließendem warmem Wasser. Meinst du, dieser Betthimmel lässt sich auch noch entfernen, ohne dass alles über mir zusammenkracht?«

»Wir können's versuchen, aber dazu brauchen wir eine Leiter. Übrigens, Mr Mac hat etwas dagegen, dass wir diese beiden Zimmer bewohnen. Irgendwas scheint mit ihnen nicht zu stimmen.«

»Wahrscheinlich wär's ihm am liebsten, wenn wir unser Lager im Pferdestall aufschlagen würden.«

Ich schüttelte den Kopf. »Nein, Anders, das ist es nicht. Er sah aus, als würde er sich Sorgen machen.«

»Vielleicht sind es die Spukzimmer. Du weißt doch, wie Tante Thisbe Ashgrove Hall genannt hat: ›Haus der Geister‹ oder so ähnlich.«

Wir lachten, aber irgendwie war mir mulmig zumute, während wir vor dem mächtigen Bett standen, das mit seinem gerafften Samthimmel wie ein altertümliches Schlachtschiff mit dunklen Segeln wirkte. Die Fensterscheiben glitzerten geheimnisvoll und ließen mich an die Augen eines Waldgeistes denken. Draußen sangen die Vögel mit süßen, wehmütigen Stimmen.

»Lass uns hinausgehen!«, schlug ich vor. »Es ist so dumpf und stickig hier drin. Ich möchte den Garten sehen. Und den See. Vielleicht könnten wir eine Runde schwimmen, was meinst du?«

»Er wird eiskalt sein.«

Anders badete nie in einem Gewässer, das unter fünfundzwanzig Grad hatte.

Er schleppte den Staubsauger auf den Flur und ich kramte in meinen Klamotten nach meinem Bikini.

Als wir aus dem Haus traten, begann es zu regnen.

9

Durch Schlaf und Traum drangen Glockenklänge an mein Ohr, dunkel, volltönend und eindringlich wie ein Ruf.

Eine Weile lauschte ich, vom Schlaf benommen. Dann schlug ich die Augen auf. Die Nacht war stockfinster, der Wind raschelte im Efeu. Zugleich füllten die Glockentöne das Zimmer und schienen den ganzen Raum zum Schwingen zu bringen.

Irgendwo ganz in der Nähe, dachte ich, muss eine Kirche sein. Schlagen hier die Kirchturmglocken mitten in der Nacht? Doch es klang eher wie ein feierliches Geläut, das eine Hochzeit ankündigte – oder eine Beerdigung.

Ich schloss die Augen, nur um sie gleich wieder zu öffnen. Da war etwas im Zimmer, ich spürte es. Ein Ding, ein Wesen, das mich beobachtete. Eine … Gegenwart.

Ich versuchte die Finsternis mit Blicken zu durchdringen. Nicht einmal die Umrisse der Möbelstücke konnte ich erkennen. Doch da – war da nicht ein Schatten oder vielmehr eine Art graues Licht in der Mitte des Raumes?

Die Lichtsäule war hoch und schmal mit zerfließenden Rändern, von der Größe eines erwachsenen Menschen, und schien leicht zu schwanken. Oder täuschte ich mich?

Die Glockenklänge hatten sich in ein Seufzen verwandelt. Vielleicht war es ja der Wind, der durch die Kamine von Ashgrove fuhr. Ich hielt den Atem an, bis ich fast keine Luft mehr bekam. Dieses Etwas war kein Licht, nein, es ähnelte mehr einer Rauchsäule. Sie veränderte ihre Umrisse, formte sich zu einer Gestalt. Nur einen Augenblick lang, dann war sie verschwunden, aufgesogen von der Dunkelheit der Nacht.

Regungslos lag ich da. Mein Herz klopfte wie verrückt. Jetzt fiel mir endlich die Kordel ein, die neben dem Bettpfosten hing, die Kordel mit dem Holzgriff, an dem man ziehen musste, um Licht zu machen.

Noch wagte ich es nicht, den Arm unter dem Schutz der Bettdecke hervorzuziehen, aus Angst, da könnte jemand sein, der nach meiner Hand griff – eine andere, fremde Hand, die in der Finsternis verborgen war.

Obwohl ich wusste, dass er mich nicht hören konnte, rief ich nach Anders. Meine Stimme klang dünn und fremd in dem dunklen Raum.

Ich lauschte, aber nebenan rührte sich nichts. Der Wind war verstummt. Eine innere Stimme sagte mir, dass ich allein war. Das unbekannte Wesen war verschwunden, an einen anderen Ort, vielleicht sogar in eine andere Zeit.

Suchend streckte ich die linke Hand aus, tastete ins Leere, bis ich den Bettpfosten fand, angelte nach der Kordel und zog daran. Das Licht flammte auf und tauchte einen Teil des Zimmers in Helligkeit.

Niemand war im Raum. Dort, wo ich die Gestalt gesehen hatte, war nichts. Ich ließ die Lampe brennen und lag wach, bis im Park von Ashgrove das erste Rotkehlchen flötete, die Amseln und Drosseln einfielen und die Buchfinken ihr Lied schmetterten, als hinge ihr Leben davon ab. Graues Dämmerlicht sickerte durch die Rauten der Fensterscheiben.

Endlich legte sich der Aufruhr in meinem Kopf und mein Herz klopfte ruhiger. Ich schlief wieder ein. Als ich aufwachte, stand Anders in der Tür.

»Raus aus den Federn, altes Murmeltier!«, rief er. »Zeit fürs Frühstück. Seit wann lässt du nachts das Licht brennen?«

Ich setzte mich auf und strich mir die Haarsträhnen aus dem Gesicht. »Musst du so ekelhaft munter sein? – Sag mal, hast du letzte Nacht auch die Glocken gehört?«

»Glocken? Nein, welche Glocken? Ich hab geschlafen wie ein Bär. Vielleicht hat ja im Haus eine Uhr geschlagen, die Mr Mac aufgezogen hat.«

»Es war keine Uhr.« Ich schwang die Beine über die Bettkante. »Es waren Kirchenglocken.«

Anders musterte mich zweifelnd. »Das hast du geträumt. Ich glaube nicht, dass es hier in der Nähe eine Kirche gibt.« Dann redete er vom Wasser im Badezimmer und dass es sich über Nacht etwas erwärmt habe, er es jedoch verbraucht hätte. »Aber gestern hattest du warmes Wasser«, fügte er hinzu.

Ob das Wasser warm oder kalt, himmelblau oder rosarot aus der Leitung kam, interessierte mich an diesem Morgen wenig. Meine Gedanken kreisten um das Rätsel der vergangenen Nacht. Schon begann ich mich zu fragen, ob das, was ich beobachtet hatte, vielleicht nichts als Einbildung gewesen war, ein Trugbild, ausgelöst durch Nebel oder einen schwachen Mondstrahl, der sich durch die Wolkendecke gekämpft hatte. Was hätte es sonst sein sollen? Eine Spukgestalt? Ein unglücklicher Geist, auf ewig an Ashgroves Mauern gebunden? Gab es so etwas wirklich?

Ich musste mit jemandem darüber reden und dieser Jemand war natürlich Anders. Dabei wusste ich bereits, was er sagen würde. Ich kannte seine Meinung zu diesem Thema besser als meine eigene.

»Das hast du dir alles nur eingebildet, Merle«, sagte er beim Frühstück, genau wie ich es erwartet hatte. »Wahrscheinlich hast du's geträumt. So was gibt es, ich kenne das. Man träumt so lebhaft, dass man schwören könnte, man hätte es wirklich erlebt. Sicher hat Mr Macs Gerede den Albtraum bei dir ausgelöst.

68

Dein Unterbewusstsein hat es verarbeitet und eine Gruselgeschichte daraus gestrickt.«

Mir war klar, was immer ich auch erwiderte, er würde darauf beharren, dass sich alles nur in meinem Kopf abgespielt hatte. Doch je länger er redete und mich zu überzeugen versuchte, umso sicherer war ich, dass ich hellwach gewesen war, dass die Gestalt für Sekundenbruchteile dort in der Mitte des Zimmers gestanden hatte – und mehr noch: dass sie etwas von mir gewollt hatte.

Anders gab sich Mühe, mich auf andere Gedanken zu bringen. »Lass uns rausgehen, solange es nicht regnet. Vielleicht finden wir die Kirche, obwohl ich das nicht glaube. Das erinnert mich an dieses Märchen von der versunkenen Stadt, deren Kirchenglocken in manchen Nächten zu hören waren. Kommt das nicht bei Nils Holgersson vor?«

»Keine Ahnung«, sagte ich.

Dann klingelte das Telefon. Es waren unsere Eltern, die wissen wollten, wie es uns ging.

»Richtig gut!«, versicherte Anders. »Alles paletti bis auf ein Gespenst, das versucht, Kontakt mit Merle aufzunehmen. Und die Warmwasserheizung funktioniert nicht.«

Ich hörte Paps am anderen Ende der Leitung lachen. Er fragte etwas und mein Bruder erwiderte: »Liebeskummer? Davon merkt man nichts mehr …«

Und während die beiden über das Wetter zu Hause

und in Schottland redeten, wurde mir klar, dass es stimmte: Ich hatte seit vielen Stunden nicht mehr an Jens gedacht und auch nicht an Smilla. Jetzt musste ich nicht einmal mehr ihre Namen verdrängen. Das Kapitel war abgeschlossen, ich konnte es »auf das Konto Erfahrungen verbuchen«, wie Tante Thisbe es ausgedrückt hätte.

In Ashgroves Park, der im weichen Schimmer der Morgensonne glänzte, kam mir der Gedanke an Spuk oder ruhelose Geister selbst schräg und unglaubwürdig vor. Wir spazierten auf Pfaden, die von Gras und Unkraut überwachsen waren. Eiben und Buchsbäume, die niemand mehr in Form schnitt, waren zu großen, buckligen Gestalten geworden.

Wir entdeckten verwitterte Figuren, die ihre Köpfe und Arme aus dem Gebüsch reckten, steinerne Frauengesichter und Faune mit wulstigen Lippen und moosbewachsenen Stirnen, einen Jüngling ohne Nase, eine eingestürzte Säule, alte Brunnen, deren Zufluss längst versiegt war.

In verschlammten Wasserbecken quakten Frösche und verstummten beim Klang unserer Schritte. Und überall gab es Hummeln und Schmetterlinge, Vögel, die im Laub sangen, schillernde Libellen und Taubenschwänzchen. Sie schwirrten wie winzige Kolibris um die Blüten des Geißblatts, das sich um Gestrüpp und Zweige schlang.

Es war ein Zaubergarten, der seinen eigenen Gesetzen folgte und sich in ein verwunschenes Paradies für Tiere verwandelt hatte. Mitten in dem grünen Urwald stand das Haus, selbst wie eine unförmige, in grünen Pelz gehüllte Tiergestalt. Die Luft war erfüllt von leisem Schwirren und Summen, von Flöten und Trillern und Gurren, vom Zirpen der Grillen und klagenden Unkenrufen und einem geheimnisvollen Gewisper, das von überall und nirgends zu kommen schien.

»Ich glaub's nicht!«, sagte Anders andächtig. »Das hält man doch im Kopf nicht aus! Dass es so was im Zeitalter von Hightech und synthetischer Biologie noch gibt …«

Wir folgten dem Pfad bis zu einer Ziegelmauer, die von Kletterrosen überrankt wurde. Darin fanden wir eine Gitterpforte, die nur mit einem Schnappriegel versehen war. Ächzend schwang der kleine Torflügel auf und wir verließen den Park und kamen auf einen rechts und links von Eschen gesäumten Weg. Er führte schnurgerade auf eine helle, glänzende Fläche in der Ferne zu.

»Das muss der See sein«, sagte ich. »Loch Ash. Wir sind doch vorgestern ein Stück am anderen Ufer entlanggefahren. Bestimmt hat Ashgrove einen privaten Zugang zum Strand.«

Wir stießen auf ein Bootshaus ohne Türen, in dem ein Segelboot vor sich hin rottete. Rhododendronbüsche wuchsen bis ans Ufer. Der See war ein glänzender Spiegel für den Himmel und die Bäume. Er bildete ein lang gestrecktes Oval, umgeben von grünen Hügelketten. Auf einer Seite schob sich ein Bergrücken als Halbinsel ins Wasser und am jenseitigen Ufer tuckerte friedlich ein kleines Boot vor sich hin.

Ich zog meine Sandalen aus und streckte den Fuß ins seichte Wasser. Es war eiskalt und so klar, dass man bis auf den Grund sehen konnte, wo kleine Fische zwischen Kieseln schwammen.

»Zu kalt zum Baden, was?« Anders machte ein triumphierendes Gesicht.

»Für Warmduscher schon. Aber wenn nachmittags die Sonne noch scheint, bin ich drin, darauf kannst du wetten.«

Das Boot vom jenseitigen Ufer nahm jetzt Kurs auf die Mitte des Sees. Zwei Gestalten saßen darin, ein Mann und eine Frau.

»Die kommen hierher!«, stellte Anders fest. Sein Blick folgte dem Boot und der Frau, deren üppiges rotes Haar in der Sonne leuchtete.

Sie wandten die Köpfe und sahen zu uns herüber. Der Wind trug uns ihre gedämpften Stimmen zu. Obwohl wir nicht verstehen konnten, was sie sagten, war klar, dass sie über uns redeten. Sicher kam es nicht oft vor, dass Fremde am Privatstrand von Ashgrove auftauchten.

Sie waren beide jung, wohl nicht viel älter als mein

Bruder. Eine Weile schienen sie zu zögern. Dann steuerten sie auf das alte Bootshaus zu, neben dem wir standen.

So kam es, dass uns das Schicksal mit Bronwen und Kyle zusammenführte.

10

Es war Liebe auf den ersten Blick.

Anders, der Schüchterne, Vorsichtige, verliebte sich sofort hoffnungslos in Bronwen Buchanan. Vielleicht passierte es bereits, als er neben mir am Strand stand und sie dort im Boot sitzen sah. Ich merkte es an seinem Gesichtsausdruck, seinem Blick. Er war wie verzaubert.

Bronwen war mit ihren tizianroten, wild gelockten Haaren und der perlmuttweißen Haut tatsächlich eine der schönsten jungen Frauen, die ich je gesehen hatte. Ihre Augen schimmerten grünlich-braun wie Moorwasser, ihre Nase war zart, der Mund voll und fein gezeichnet. Sie hatte sehr helle, fast farblose Augenbrauen. Dass sie sie nicht färbte oder tuschte, war ein erster Hinweis darauf, wie uneitel sie war.

Ihren Bruder nahm ich erst auf den zweiten Blick wahr. So ging es wohl jedem, wenn die beiden zusammen auftraten. Sie nannten ihre Namen und erzählten, dass sie nicht weit von hier am Ende des Sees lebten, in einem Haus, das »The Briar« hieß.

Ich stellte uns vor, denn Anders war stumm geworden wie ein Fisch. Dann erklärte ich, wie wir nach Ashgrove gekommen waren.

»Eine unserer Tanten ist mit Lady Campbell befreundet, schon sehr lange. Wir haben sagenhaftes Glück, dass wir für ein paar Wochen hier wohnen dürfen. Mein Bruder hat vor, in Inverness einen Sprachkurs zu machen.«

Wir setzten uns zusammen auf die steinerne Bank, die zwischen Schilf und Rhododendronbüschen stand. Kleine Wellen rollten mit leisem Schmatzen über die Kiesel am Strand, benetzten unsere Füße und zogen sich wieder zurück.

»Wir haben uns immer gefragt, wie es in Ashgrove Hall aussehen mag«, erzählte Bronwen. Sie hatte eine überraschend dunkle Stimme. »Es ist schade um den alten Familiensitz. So ein Herrenhaus müsste ständig bewohnt und gepflegt werden.«

Ihr Bruder hatte noch kein Wort gesagt, obwohl ich ihn nicht für schüchtern hielt, nicht so wie Anders. Vielleicht war er daran gewöhnt, seiner Schwester das Wort zu überlassen. Doch sein prüfender Blick verriet, dass er damit beschäftigt war, sich eine Meinung über uns zu bilden.

Sie sahen sich ähnlich und doch auch wieder nicht. Zwar hatten sie die gleiche Nase und dieselbe hohe Stirn, aber Kyles Haut war nicht so hell wie die seiner Schwester. Sein Gesicht war gebräunt, seine Haare kastanienbraun und glatt, in der Mitte gescheitelt und im Nacken mit einem Lederband zusammengebunden. Er hatte schöne Hände; das war es, was mir als Erstes an ihm auffiel. Und ich merkte, dass ich mich in seinem Alter getäuscht hatte. Er war älter als Anders, sicher schon Mitte zwanzig.

»Im Grunde wartet hier jeder darauf, dass die Hall irgendwann einstürzt«, hörte ich Bronwen sagen. »MacDonald reißt sich ja nicht gerade ein Bein aus bei seinem Job.«

Jetzt mischte sich Kyle ein. »Vielleicht ist einfach nicht genug Geld für Reparaturen da.«

Seine Stimme war sanft, mit leicht schottischem Akzent, den ich inzwischen ungeheuer anziehend fand.

»Ach, so schlimm ist es eigentlich nicht.« Anders gab sich große Mühe mit seinem Englisch. Aus den Augenwinkeln sah ich, dass er rot geworden war. »Das Haus ist in keinem so üblen Zustand. Nur … also, wir haben praktisch kein warmes Wasser.«

Ich musste lachen. »Dafür liegt überall der Staub von Jahrhunderten und mein Bruder hat eine Stauballergie. Aber es ist ein absolut wunderbares Haus, wie einem Roman von Jane Austen entsprungen. Es passt nicht in unsere Zeit. Man denkt, jeden Augenblick müsste eine dieser Frauen mit langen Kleidern und Puffärmeln um die Ecke kommen oder ein Dandy mit Stulpenstiefeln und Samtjackett.«

»Ihr könntet uns doch mal besuchen«, schlug Anders vor. »Dann seht ihr Ashgrove auch von innen.« Er redete wie ein Schuljunge und sein Englisch klang

76

grauenvoll, aber die beiden waren zu höflich, um sich etwas anmerken zu lassen.

»Gern!«, erwiderte Bronwen. »Ja, wir würden sehr gern kommen, nicht, Kyle? Als Kinder hätten wir eine Menge darum gegeben, einmal einen Blick in die Hall zu werfen, aber unsere Eltern haben uns streng verboten, Ashgrove zu betreten.«

»Ein einziges Mal haben wir versucht über die Mauer zu klettern. Dabei sind wir von einem der Gärtner erwischt worden und es gab einen Zwergenaufstand.« Kyle streifte seine Sandalen ab, streckte die Beine aus und sah zu, wie die Wellen seine nackten Füße überspülten. »Damals wurde noch sehr streng darauf geachtet, dass die Grenzen zwischen dem einfachen Volk und dem Adel eingehalten wurden.«

Anders konnte den Blick nicht mehr von Bronwen wenden. Fast hätte ich ihm einen Rippenstoß verpasst, weil ich es peinlich fand, wie er sie anstarrte. Doch sicher war sie daran gewöhnt, bewundert zu werden, denn sie beachtete ihn nicht weiter.

Ich dachte im Stillen, dass es in unserer Familie wohl bald einen zweiten Fall von Liebeskummer geben würde oder zumindest von unerwiderter Liebe, was wohl so ziemlich auf das Gleiche hinauslief.

»Schade, dass keine Erben da sind«, sagte Bronwen. »Oder nur weit entfernte Verwandte, denn der Campbell-Clan ist groß. Aber es gibt nach Lady Lilibeth keinen mehr, der eine persönliche Beziehung zu Ashgrove hat. Die Hall ist ein Stück schottische Geschichte. Sie sollte nicht verfallen oder zu einem dieser Nobelhotels umgebaut werden.«

Anders hing an ihren Lippen. »Sie ist wohl sehr alt?«

Kyle nickte. »Sicher, doch wir haben viele alte Herrenhäuser und Burgen in Schottland. Ashgrove Hall ist allerdings ein besonderes Haus. Ein Haus, mit dem ein ungelöstes Rätsel verbunden ist.«

Sofort fiel mir ein, was ich vergangene Nacht in meinem Zimmer erlebt hatte. Mein Bruder fragte, was das denn für ein Rätsel sei. Dabei ging es ihm wohl nicht so sehr um die Geschichte von Ashgrove als vielmehr darum, Bronwen in ein Gespräch zu verwickeln.

Ich sah zur Seite; da kreuzte sich mein Blick mit dem von Kyle. Er beobachtete mich ernst und prüfend. Gern hätte ich die Gabe besessen, Gedanken lesen zu können, auch wenn es nur für diesen kurzen Moment gewesen wäre.

Bronwen erzählte: »Ein Mann ist vor langer Zeit in Ashgrove Hall verschwunden. Er begleitete Bonnie Prince Charlie auf der Flucht vor den englischen Regierungstruppen ...«

»Du kannst nicht erwarten, dass jeder weiß, wer Bonnie Prince Charlie war«, unterbrach ihr Bruder sie.

Auf keinen Fall wollte ich, dass er uns für beschränkte, einfältige Deutsche hielt, die sich nicht für das Land interessierten, in dem sie ihre Ferien verbrachten.

»Er war eine Art Nationalheld, nicht?«, erwiderte ich. »Ich habe ein Buch über schottische Geschichte gelesen, bevor wir hierhergefahren sind. Er war der Enkel von King James, Charles Edward Stuart.«

Jetzt ergriff Anders das Wort. Eifrig fügte er hinzu: »Seinetwegen gab es doch diese Jakobitischen Aufstände in der ersten Hälfte des achtzehnten Jahrhunderts.«

Ich hörte es voller Stolz und dachte: Wir schlagen uns tapfer, wir beide!

»Ja«, fuhr ich fort. »Die Jakobiter unterstützten König James, seinen Sohn und dessen Enkel, Bonnie Prince Charlie. Die schottischen Stuarts wollten den englischen Thron übernehmen und ein großer Teil der Highlander stand auf ihrer Seite. Mitte des achtzehnten Jahrhunderts rückte der Prinz mit einer Tartan-Armee und vielen schottischen Clans gegen Edinburgh vor und nahm die Stadt ein. Von dort zogen sie weiter nach England, aber der Prinz erhielt nicht die erhoffte Unterstützung von den Engländern und Franzosen. Bei der Schlacht von Culloden wurde er vernichtend geschlagen. Anschließend floh er mit ein paar Getreuen vor den englischen Regierungstruppen durch die Highlands.«

Ich stockte und kam mir plötzlich vor, als wäre ich

in der Schule und würde einen Vortrag über schottische Geschichte halten. Doch aus irgendeinem Grund reizte es mich, den Buchanans zu zeigen, dass wir durchaus einiges über die historischen Hintergründe ihres Landes wussten.

Sie waren tatsächlich beeindruckt.

Kyle meinte: »Wow! Alle Achtung, so kann man sich täuschen. Ich dachte immer, dass im Ausland kaum einer etwas von den Jakobitischen Aufständen weiß. Es gibt Unmengen von Touristen, die das Schlachtfeld von Culloden besuchen, aber nur wenige haben eine Ahnung, wie es zu dem blutigsten Gemetzel in unserer Geschichte kam.«

»Ist der Prinz dann ins Ausland geflohen?«, fragte mein Bruder.

Bronwen nickte. »Er entkam nach Frankreich. Zuerst wurde er von den Rotröcken durch die Highlands verfolgt. Doch seine Anhänger haben ihm auf der Flucht geholfen und ihn immer wieder versteckt, obwohl sie damit ihr Leben riskierten.«

Wie lange lag diese Geschichte vom schönen, unglücklichen Prinzen zurück? Mehr als zweihundertfünfzig Jahre! Und doch schien sein Schicksal die Menschen hier noch immer zu beschäftigen.

»Und dieser Mann, der verschwand?«, fragte ich. »Was war mit ihm? Wie kam er nach Ashgrove?«

Kyle schlüpfte wieder in seine Sandalen. Eine dicke Möwe landete auf dem Dach des Bootshauses und gackerte wie ein Huhn. In der Ferne leuchtete die Kette der Berggipfel, die »Cairngorms« genannt wurden. Licht und Schatten zogen in raschem Wechsel darüber hin.

»Ashgrove war damals noch ein Jagdschloss, das den Campbells gehörte. Alan Campbell war ein Freund des Prinzen und hat an seiner Seite in Culloden gekämpft. Dort wurde er verwundet.«

Weil Kyle schwieg, erzählte seine Schwester weiter: »Alles deutet darauf hin, dass er sich vor den Rotröcken in Ashgrove versteckte, weil er wegen seiner Verwundung nicht weiterreiten konnte, während der Prinz mit einigen Gefährten seine Flucht fortsetzte. Obwohl die Regierungstruppen in Ashgrove nach Alan Campbell suchten, fanden sie ihn nicht.«

Unvermittelt sah Kyle auf seine Armbanduhr, stand auf und sagte, sie müssten jetzt nach Hause zurück. Bronwen nickte schweigend. Wir begleiteten sie zu ihrem Boot, das sie an einem der Pfähle vertäut hatten, Überreste des alten Bootsstegs.

»Wollt ihr morgen vorbeikommen?«, fragte Anders hastig. »Wie wär's mit morgen Nachmittag?«

Bronwen wechselte einen Blick mit ihrem Bruder. »Ja, gern. So gegen drei, ist euch das recht?«

Wir warteten, während Kyle den Motor anließ.

In der Mitte des Sees wandten sie sich noch einmal um und hoben grüßend die Hände. Anders winkte noch, als sie uns schon längst wieder den Rücken zugekehrt hatten.

»Wie findest du sie?«, fragte er auf dem Rückweg durch die Eschenallee.

Ich tat, als würde ich ihn nicht verstehen. »Ganz sympathisch. Wir können froh sein, dass sie in unserer Nähe wohnen. Ich dachte schon, ich bin hier die ganze Zeit allein, wenn du Tag für Tag nach Inverness fährst.«

Eine Weile erwiderte er nichts. Dann murmelte er: »Bronwen. Was für ein schöner Name! Er könnte keltischen Ursprungs sein, was meinst du?«

»Vielleicht. Jedenfalls ist er ungewöhnlich. Und du solltest sie nicht so anstarren, Anders. Das ist peinlich.«

Er zuckte richtiggehend zusammen, blieb stehen und erwiderte laut wie ein trotziges Kind: »Ich habe sie nicht angestarrt … Wieso sagst du so etwas?«

»Weil es stimmt. Aber sie ist es wahrscheinlich gewöhnt.«

Er schien noch etwas erwidern zu wollen, ging dann aber einfach weiter, so schnell, dass ich mich beeilen musste, mit ihm Schritt zu halten. Der Wind hatte das Gittertörchen zugeschlagen. Wir öffneten den Schnappriegel und wanderten schweigend durch den verwilderten Park, der sich während der vergangenen Stunde verändert hatte. Die Falter und Libellen waren verschwunden. Die Grillen hatten aufgehört zu zirpen, das klagende Rufen der Unken war verstummt. Eine Wolkenwand war über die Berggipfel heraufgezogen und verdeckte die Sonne.

Das Haus stand in seinen Blätterpelz gehüllt da, dunkel und abwartend, wie mir schien. Irgendwo in seinen Mauern hatte vor langer Zeit ein Mann Zuflucht gesucht und war nie wieder aufgetaucht. Alan Campbell, der Gefährte des Prinzen.

11

Eine Stimme sang, während ich schlief. Ich konnte die Worte nicht verstehen, aber der Gesang war so traurig, dass ich im Schlaf weinte und davon aufwachte.

Mein Gesicht war nass, meine Nase lief.

Das Mondlicht brach sich schimmernd in den Fensterscheiben, wo der Vorhang zur Seite gerafft war, und zog eine schmale Bahn über die Fensterbank und den Teppich. Ich versuchte mich an den Klang der Stimme und die Melodie zu erinnern, doch es gelang mir nicht.

Einige Zeit lag ich wach und wusste, ich würde so schnell nicht wieder einschlafen können, obwohl nichts im Zimmer war, was mich beunruhigt hätte. Ich wollte mehr über Alan Campbell erfahren. Ein Buch … ein Buch über schottische Geschichte, das war es, was ich brauchte. Es gab eine Bibliothek in Ashgrove Hall. Wir hatten am Tag unserer Ankunft einen flüchtigen Blick hineingeworfen.

In meinem Gepäck fand ich eine Mini-Taschenlampe, die wenig mehr Licht spendete als ein Glühwürmchen. Damit trat ich auf den Korridor hinaus. Inzwischen wusste ich, dass der nächste Lichtschalter ein ziemliches Stück entfernt war, neben der Badezimmertür am Absatz einer Wendeltreppe.

Es war ein Wagnis, ein Abenteuer, durch das Labyrinth schlecht beleuchteter Flure zu wandern, an Winkeln vorbei, in denen die Finsternis lauerte, über uralte, schief getretene Steinstufen und löchrige, ausgefranste Teppiche; dazwischen all die Türen, die in unbekannte Räume führten, und die Gemälde mit den strengen, düsteren oder geheimnisvoll lächelnden Gesichtern von Menschen, die längst zu Staub zerfallen waren.

Der Spiegel in der Halle zeigte mir eine dünne, bleiche Gestalt mit schulterlangen goldbraunen Haaren. Ich erschrak, erkannte mich dann aber in meinem gepunkteten Schlafanzug, der nicht zu einem Gespenst gepasst hätte.

Die Standuhr tickte schwer und ächzend.

Ich tappte den Flur entlang, der zur Küche führte, und öffnete eine Tür nach der anderen. Schale, dumpfe Luft schlug mir aus den Zimmern entgegen. Möbelstücke tauchten im Schein der Lampen auf, winzige Schatten flohen trippelnd und springend und aus den alten Kaminen stieg der Geruch kalter Asche.

Die Bibliothek wirkte von allen Räumen am gemütlichsten. Dunkle, teilweise verglaste Bücherschränke reichten bis zur Decke hinauf. Die Fenster waren gleichsam von Büchern umrahmt. Es gab einen Schreibtisch auf Bocksfüßen mit einer schwenkbaren Lampe und davor einen steiflehnigen Stuhl. Neben der Lampe stand ein Foto im silbernen Rahmen. Es zeigte eine mollige Dame, die mit einer Reithose und einem Tweedjackett bekleidet war. Sie trug ein Kopftuch und hatte einen Mops unter den Arm geklemmt. Lady Lilibeth? Flüchtig kam mir der Gedanke, dass ich sie mir eleganter vorgestellt hatte.

Ein zweites, sehr viel älteres Bild hing über dem offenen Kamin: das Ölgemälde eines jungen Mannes, der auf eine Flinte gestützt stand. Er hatte ein schmales, knabenhaftes Gesicht mit braunen Augen. Sein kastanienbraunes Haar war nach hinten gekämmt und mit einer Schleife zusammengebunden.

Er trug eine malerische Tracht aus blau-schwarzgrün kariertem Wollstoff, einen Umhang, der seitlich in Falten gelegt und mit einer Art Gürtel über Brust und Schulter gehalten wurde, einen kniekurzen Faltenrock im gleichen Stoff mit einer Felltasche, dazu karierte Wadenstrümpfe. Seine Haltung drückte Stolz und eine natürliche Anmut aus. Etwas an seinem schön geformten Gesicht kam mir vertraut vor, obwohl ich nicht hätte sagen können, was es war. In einen Mann wie ihn hätte ich mich verlieben können.

Ich knipste meine Taschenlampe wieder an und richtete den dünnen Lichtstrahl auf das Porträt. Risse in der Leinwand überzogen wie ein feines Spinnennetz sein ewig junges Gesicht. Auf der unteren Leiste des Goldrahmens war ein Schild angebracht. »Laird* Alan Campbell of Loch Ash« stand darauf.

Den Namen kannte ich inzwischen. Alan Campbell war Bonnie Prince Charlies Gefährte gewesen, der Mann, der in Ashgrove verschwand.

Ich bildete mir ein, dass sein Blick mir folgte, während ich von einem Schrank zum anderen ging und unter den schönen, in Leder gebundenen und mit Goldschrift versehenen Buchrücken nach einem Werk über schottische Geschichte suchte.

Es gab jede Menge Ausgaben von schottischen Nationaldichtern – von Robert Burns vor allem und Sir Walter Scott –, doch auch von englischen Klassikern wie Shakespeare und Milton, dazwischen Goethe und Schiller, Tolstoi, Dostojewski, einen Golfführer durch Großbritannien und Europa, jede Menge Nachschlagewerke, Berichte über Schliemanns Ausgrabungen in Troja, Homers Ilias, Sigmund Freuds Schriften, Jugendbücher wie Robinson Crusoe und Alice im Wunderland, Wind in den Weiden, Tom Sawyer und Onkel Toms Hütte.

Endlich, in einem schmalen Regal zwischen den beiden Fenstern, fand ich eine Reihe von Geschichtsbüchern, darunter eine Biografie über Maria Stuart

* Laird: altes schottisches Wort für Lord

und ihrer Widersacherin, Königin Elizabeth I., und eine neuere Ausgabe über die Jakobitischen Aufstände. Danach hatte ich gesucht.

Als ich das Buch herausnahm, fiel mir auf, dass daneben ein schmaler Band stand, der nicht in diese Reihe passte: Die Abhandlung eines Engländers über den schwedischen Naturforscher und Seher Emanuel Swedenborg. Zwischen den Seiten ragte ein Lesezeichen hervor. Ich setzte mich an den Schreibtisch und schlug die entsprechende Seite auf.

Einige Zeilen waren mit schwarzem Stift angestrichen. Swedenborg, so hieß es da, habe von Botschaften Verstorbener berichtet, die nicht glauben wollten, dass sie tot waren und ihrer eigenen Beerdigung beiwohnten. Swedenborg meinte, die Toten würden die Neigungen und Eigenheiten aus ihrer Lebenszeit mit hinüber ins Jenseits nehmen und dort zwischen Geistern und Engeln erst ihr wahres Selbst finden müssen – und auch den für sie bestimmten Gefährten. Sie müssten verstehen und annehmen, dass sie tot waren, und im Jenseits weiterleben.

Ich las die Zeilen mehrmals, so erstaunlich und faszinierend fand ich sie. Jemand hatte diese Stelle vor mir gelesen und aus irgendeinem Grund, in irgendeinem Zusammenhang bedeutungsvoll gefunden. Dass gerade dieses Buch in Ashgroves Bibliothek stand, dass ich darauf gestoßen war und von Swedenborgs Erkenntnissen – oder Hirngespinsten, man konnte es so oder so deuten – las, war vielleicht kein Zufall.

Wieder dachte ich an die Gestalt, die ich letzte Nacht in meinem Zimmer wahrgenommen hatte. Dabei sah ich unwillkürlich zum Kamin hinüber, zu Alan Campbells Porträt.

Der Blick seiner braunen Augen war ernst und sanft. Zusammenhänge … da gab es Zusammenhänge, ich spürte es deutlich. Ich musste nur ergründen, welche.

Ich schob den Stuhl zurück und klemmte mir die beiden Bücher unter den Arm, um sie mit nach oben zu nehmen. Da flatterte ein zweites Lesezeichen aus dem Swedenborg-Band zu Boden. Vielleicht war es benutzt worden, um eine andere Textstelle zu markieren.

Noch einmal blätterte ich die Seiten durch. Ganz hinten, im letzten Kapitel, stand ein Gedicht. Zwei Zeilen waren mit einer Klammer versehen, ebenfalls mit einem schwarzen Stift gekennzeichnet. Die beiden Zeilen schienen keinen Sinn zu ergeben, und doch mussten sie für jemanden eine besondere Bedeutung gehabt haben:

Ohn' Unterlass, ohn' Müdigkeit,
an keinem Ort und fern der Zeit …

12

Den Rest der Nacht lag ich im Bett und grübelte, während die beiden Bücher auf meinem Nachttisch lagen. »An keinem Ort und fern der Zeit« – war damit das Reich der Toten gemeint, die Ewigkeit? Ich schauderte und wurde nicht mehr richtig warm, so fest ich mich auch in die Bettdecke wickelte.

Endlich dämmerte der Morgen. Erleichtert stand ich auf, ging ins Bad und verbrauchte das Wasser, das der Heizkessel über Nacht erwärmt hatte.

Beim Frühstück überraschte mich Anders mit der Frage, ob er sich die Haare wachsen lassen solle. »Ungefähr so lang, wie Kyle sie trägt. Dann könnte ich sie nach hinten kämmen und irgendwann im Nacken zusammenfassen. Was meinst du?«

Kein Zweifel, es hatte ihn voll erwischt.

Vorsichtig erwiderte ich: »Kyle hat sehr dichtes, kräftiges Haar.« Es war das erste Mal, dass ich seinen Namen aussprach. »Aber … ein Stück könntest du sie schon wachsen lassen. Das wäre sicher besser als so kurz abgesäbelt wie jetzt.«

Er schluckte. »Der Mittelscheitel steht mir wahrscheinlich nicht … Und was würdest du zu einem Bart sagen?«

Ich starrte ihn an. »Nein, wirklich nicht! Das ist keine gute Idee! Du würdest aussehen wie ein … ein Musterschüler, der sich als einer von den drei Musketieren verkleidet hat.«

Er brauchte eine Weile, um das zu verarbeiten. »Vielleicht hast du recht. Auf alle Fälle werde ich abnehmen. Mindestens zehn Kilo.« Und er schob entschlossen den Brotkorb von sich weg.

Wir hatten also beide eine unruhige Nacht verbracht, wenn auch aus verschiedenen Gründen.

Ich erzählte ihm, dass ich nachts in der Bibliothek gewesen war, und erwähnte Alan Campbells Porträt. Er war nur mäßig interessiert. Im Moment beschäftigten ihn andere Gedanken und Gefühle, das war klar und das würde wohl auch noch eine ganze Zeit so bleiben. Sogar seine Stauballergie hatte sich auf wunderbare Weise verflüchtigt.

Anders hatte sich vorgenommen, einen Obstkuchen zu backen. Er war in unserer Familie schon seit Ewigkeiten fürs Kuchenbacken zuständig. Wir stöberten in den Vorratsschränken und fanden Mehl, in dem sich Maden und ihre Gespinste ausgebreitet hatten. Es gab nur Würfelzucker und weder Vanille noch Zimt, dafür aber einen Rest Rum in einer verstaubten Flasche.

Wir fuhren nach Blanachullish, um einzukaufen. Die Ortschaft war winzig und wirkte ärmlich mit den einfachen, schmucklosen grauen Häusern vor dem malerischen Hintergrund der Bergketten. Immerhin gab es einen Supermarkt mit einer Abteilung für Backwaren und einen Schreibwarenladen, der zugleich die Poststation war.

Das Geläut der Kirchenglocken erinnerte mich an meinen Traum, doch Anders meinte, die Kirche wäre zu weit entfernt, als dass man die Glocken bis nach Ashgrove hören könnte.

Einer von den plötzlichen schottischen Regenschauern trieb uns ins Auto zurück. Wir hatten Aprikosen gekauft, die sündhaft teuer gewesen waren, weil Anders sich einen Aprikosenkuchen in den Kopf gesetzt hatte.

Als wir die Landstraße erreichten, die am Loch Ash entlangführte, rissen die Wolken auf und die Sonne kam wieder zum Vorschein. Schafe weideten auf den grünen Hängen zwischen Wasserlöchern, Felsbrocken, Heidekraut und windzerzausten Büschen.

Am Himmel erschien ein Regenbogen, so vollkommen, wie ich noch nie zuvor einen gesehen hatte. Sein unteres Ende schien in den See einzutauchen oder aus ihm aufzusteigen.

Wir hielten am Rand der Uferstraße an. »Mann! Das ist ja wie auf einer Kitschpostkarte!«, murmelte Anders. »Darf man sich etwas wünschen, wenn man einen Regenbogen sieht?«

Ich schüttelte den Kopf. »Das verwechselst du mit Sternschnuppen. Es heißt, dass man am Ende des Regenbogens einen Topf voll Gold findet. Also müsste man ins Wasser tauchen und auf dem Grund des Sees danach suchen.«

In Ashgrove machte Anders einen ziemlichen Aufstand, weil wir die Zitrone vergessen hatten.

Da es so aussah, als würde die Sonne noch eine Weile scheinen, suchten wir nach den Gartenmöbeln und fanden sie in einem Pavillon, der einmal wunderschön gewesen sein musste. Jetzt war ein Teil der Glasscheiben zerbrochen, die weiße Farbe blätterte von der Tür und Winden schlangen ihre Ranken durch die schmiedeeisernen Ornamente.

Wir trugen die Korbmöbel zum Haus hinüber. Jemand hatte vor nicht allzu langer Zeit eine Schneise in den Dschungel des Gartens geschlagen und die Terrasse freigelegt.

Ich öffnete die Flügeltüren des Wohnzimmers weit, um Licht und Luft ins Haus zu lassen, setzte mich in einen Korbstuhl und las in dem Buch über die Jakobitischen Aufstände, während Anders in der Küche werkelte.

Der Wind, der mir ums Gesicht strich, der Duft der Kletterrosen und des Lavendels, vermischt mit dem strengen Geruch des Buchses, das Rattern der Rührmaschine hinter den offenen Küchenfenstern, all das löste ein Glücksgefühl in mir aus, wie ich es lange nicht mehr empfunden hatte.

Ich legte das Buch auf die Knie und schloss die Augen, um diese kostbaren Minuten zu genießen, voller Dankbarkeit dafür, dass ich lebte und hier sein durfte, an diesem besonderen, wunderbaren Ort.

Sie kamen pünktlich und brachten uns als Geschenk einen Fisch aus dem Loch Ash mit, den Kyle selbst gefangen und geräuchert hatte. Da sie so darauf brannten, Ashgrove Hall von innen zu sehen, verschoben wir Tee und Kuchen auf später.

Ich überließ Anders die Rolle des Schlossführers. Er scharwenzelte um Bronwen herum, machte sie in seinem holprigen Englisch auf alles Mögliche aufmerksam, auf geschnitzte Eichenbalken und Einlegearbeiten in den Möbeln, auf krumme Wände und den Gesichtsausdruck des schmallippigen Campbell-Vorfahren mit weiß gepuderter Perücke, der den Treppenaufgang bewachte.

Kyle und ich taperten hinterher. Irgendwann sagte er leise: »Es braucht dir nicht peinlich zu sein.«

Sah man mir so deutlich an, was ich fühlte?

In sachlichem Ton fügte er hinzu: »Die meisten Männer reagieren so auf sie. Manchmal auch Frauen. Man gewöhnt sich daran, glaub mir.«

Wir waren vor der Bibliothek stehen geblieben. Durch die offene Tür hörten wir Anders sagen: »Und das ist Alan Campbells Porträt.« Er hatte mir beim Frühstück also doch zugehört.

Und Bronwen erwiderte: »Es ist so dunkel hier

drin. Man müsste den Efeu vor den Fenstern zurückschneiden.«

Es gab auch im Erdgeschoss Zimmer, die wir noch nicht betreten hatten, wie den Tanzsaal mit seinen zwei offenen Kaminen an den Stirnseiten, dem Flügel, dem Parkettboden aus honigfarbenem Holz und den vielen Spiegeln an den Wänden. Ein Durchgang führte in ein Speisezimmer mit zwei Dutzend Stühlen um einen langen Tisch, dessen polierte Platte so staubig war, dass man Botschaften darauf hinterlassen könnte.

Das Speisezimmer grenzte an einen Raum, den Kyle und Bronwen für den ältesten in der Hall hielten.

»Das muss das ursprüngliche Wohnzimmer gewesen sein, als Ashgrove noch ein Jagdschloss war«, meinte Kyle. »Hier scheint nichts verändert oder umgebaut worden zu sein.«

Es war ein sehr hoher Raum, höher als alle angrenzenden Zimmer, mit einer Decke aus Eichenbalken und roh verputzten Wänden, an denen man die Umrisse der darunter liegenden Natursteine sah. Die riesige gemauerte Feuerstelle war rauchgeschwärzt. Es gab zwei mächtige Wandschränke und mehrere rundbogige, tief in die Mauern eingelassene Fenster, die an eine Kapelle erinnerten. Steinfliesen bedeckten den Boden. Eine Holzbank mit geschnitzter Rückenlehne und ein zerschlissenes Sofa standen vor dem

Kamin, dazu ein Ohrensessel, bezogen mit Wollstoff im Tartan-Muster der Campbells.

Bronwen deutete auf eine Steinplatte an der Wand über dem Kamin. Das Relief eines Ebers war darin eingemeißelt und darunter die lateinische Inschrift: »Ne obliviscaris!«

»Der Eber ist das Wappentier des Campbell-Clans«, erklärte Bronwen.

»Und ihr Wahlspruch ist: ›Ne obliviscaris!‹«, fügte Kyle hinzu.

»Vergiss nicht!«, übersetzte mein Bruder, froh, seine Lateinkenntnisse anbringen zu können.

»Wieso ein Eber?«, fragte ich.

»Der Sage nach hat ein Lord Campbell auf einer Reise durch Frankreich einen wilden Eber getötet«, erklärte Kyle. »Der Name des Clans kommt angeblich aus dem Gälischen. ›Cam‹ bedeutet schief, und ›beul‹ Mund, sodass man annimmt, dass einer der ersten Campbell-Chiefs einen schiefen Mund hatte und davon seinen Namen bekam. Jedenfalls ist es sicher einer der ältesten Clansnamen in den Highlands.«

Ich wunderte mich, dass er all das wusste, doch gleich darauf sollte ich den Grund dafür erfahren.

Seine Schwester lachte. »Womit wir bei deinem Lieblingsthema angelangt wären, den alten schottischen Familien.«

Wir hatten etwas zu lange mit dem Tee gewartet. Kaum saßen wir auf der Terrasse und schnitten den

Aprikosenkuchen an, da näherte sich vom Loch Ash her eine dunkelviolette Wolkenwand. Wir konnten gerade noch das Teegeschirr und den Kuchen ins Wohnzimmer retten, da ging schon der nächste Regenguss über Ashgrove nieder.

Das »neue Wohnzimmer«, wie wir es nun nannten, war ein eleganter Raum mit antiken Teppichen und Möbeln, Sofas voller Kissen, Beistelltischen, Kaminuhren und Bildern, der Sammlung von Schnupftabaksdosen aus Silber und bemaltem Porzellan im Vitrinenschrank und bestickten Fußschemeln. Überall standen Fotos in silbernen Rahmen, kostbare Vasen, Ziergegenstände und Bronzebüsten. Die bodenlangen Vorhänge waren aus schwerer malvenfarbener Seide, die Lampen aus geschliffenem Kristall. Als einziges Zugeständnis an moderne Zeiten gab es einen Fernseher mit Zimmerantenne, der bescheiden in einer Ecke stand. Später sollten wir feststellen, dass man nur zwei BBC-Programme empfangen konnte, die meistens von dichtem Schneetreiben verdeckt waren.

Auch hier hing ein Ölgemälde über dem Marmorkamin. Ich hatte es bis jetzt nicht weiter beachtet, doch als wir uns an einen der ausklappbaren Mahagonitische setzten und Anders seinen Kuchen auf die Teller verteilte, sagte Kyle plötzlich mit verhaltener Erregung in der Stimme: »Das ist er, Bron! Da hängt Bonnie Prince Charlie, und ich könnte wetten, dass es ein Originalporträt ist!«

Er sprang auf und war mit ein paar langen Schritten am Kamin. Seine Schwester folgte ihm. Anders und ich wechselten einen fragenden Blick.

Das Porträt, ein Brustbild, zeigte einen jungen Mann, der mit seinen vollen roten Lippen und den runden dunklen Augen wie ein verkleidetes Mädchen wirkte. Seine Miene war stolz und hoheitsvoll, der Ausdruck eines Menschen, der sich seiner Stellung und vornehmen Geburt bewusst ist. Er trug eine silberweiße Lockenperücke, oder vielleicht war sein Haar auch nur gepudert. Unter der reich bestickten roten Weste sah ein weißes Spitzenhemd mit engem Kragen hervor.

»Ja, es ist sicher ein Original!«, hörte ich Bronwen sagen. »Vielleicht war das Porträt ein Geschenk des Prinzen an Alan Campbell.«

»Dann verstehe ich nicht, warum sie es einfach so hier hängen lassen. Es muss ein Vermögen wert sein. Das Haus steht fast das ganze Jahr leer. Jeder könnte problemlos durchs Fenster einsteigen und es stehlen!«

»Lady Campbell sollte es der Nationalgalerie zur Verfügung stellen, wenigstens als Leihgabe.«

Sie nahmen uns das Versprechen ab, Tante Thisbe zu bitten, mit Lady Campbell über das Bild zu reden.

»Vielleicht ist es ja versichert, aber was nützt das, wenn es irgendwo im Keller eines amerikanischen oder russischen Sammlers verschwindet?«, sagte Kyle. »Das Bild ist schottisches Nationalerbe. Es muss in unserem Land bleiben und sollte eigentlich für die Öffentlichkeit zugänglich sein.«

Der Tee in der Silberkanne war schon fast kalt, aber Anders' Kuchen schmeckte den Buchanans.

Bronwen sagte: »Du könntest in Inverness eine deutsche Bäckerei aufmachen. Das wäre bestimmt der Renner.«

Anders errötete vor Freude, obwohl es natürlich einfach nur so freundlich dahingesagt war. Allein dass Bronwen ihm Beachtung schenkte und ihm vorschlug, sich hier niederzulassen, schmeichelte ihm.

»Ich werde darüber nachdenken, falls es mit meinem Studium nicht klappt«, erwiderte er lächelnd und gab sich große Mühe mit Aussprache und Satzstellung. »Aber ich habe wirklich vor, ein paar Semester in St. Andrews oder Edinburgh zu studieren. Vorher muss ich allerdings dringend einen Sprachkurs machen.«

»Ich wollte, ich könnte nur halb so gut Deutsch wie du Englisch«, entgegnete Kyle.

Ich mochte ihn dafür, dass er so nett zu meinem Bruder war. Dabei war Anders' Englisch wirklich schwer auszuhalten – jedenfalls für mich.

»In der Schule hatte ich mal einen Deutschkurs belegt, aber das Ergebnis hielt sich sehr in Grenzen.« Und Kyle fügte auf Deutsch hinzu: »*Wie geht es Ihnen? Mir geht es gut. Wie komme ich zum Bahnhof, bitte schön?*«

Wir lachten. »Allerdings können die meisten deutschen Touristen, die zu uns kommen, recht gut Englisch«, sagte er und erzählte, dass er Kunstgeschichte studiert hatte und seit zwei Jahren als Reiseleiter jobbte, vor allem für »Edeltouristen«.

»Es gibt vermögende Amerikaner, die sich einen eigenen Reiseführer leisten und sich von ihm durch die Highlands kutschieren lassen. Fast alle haben schottische Vorfahren und sind auf der Suche nach ihren Wurzeln.«

»Kyle hat seine Passion zum Beruf gemacht«, warf Bronwen ein. »Kaum einer kennt mehr alte Clangeschichten als er und weiß so viel über historische Bräuche und Kleidung, Mythen und Glaubensvorstellungen unseres Volkes.«

Sie war bescheiden und redete mehr von ihrem Bruder als von sich selbst, das fiel mir auf. Anders fragte sie, ob sie noch studiere, und sie sagte: »Ich habe eine Ausbildung als Musiklehrerin gemacht. Ich gebe Harfenunterricht.«

»Und Gälisch«, fügte Kyle hinzu.

»Ja, ich unterrichte an zwei Tagen pro Woche Gälisch an einer Schule für Erwachsenenbildung in Edinburgh. Zurzeit haben wir natürlich Ferien. Nur Kyle ist in den Sommermonaten viel unterwegs. Morgen leitet er wieder eine Bustour durchs Hochland.«

Ich ertappte mich dabei, dass ich eine Spur von Bedauern empfand, während Kyle einwarf: »Aber nur für drei Tage.« Dabei sah er mich an – oder bildete ich mir das nur ein?

Inzwischen hatte sich Anders vorgebeugt und fragte Bronwen eifrig: »Gälisch? Ist das nicht eine der schwierigsten Sprachen?« Bestimmt hatte er in seinem Leben noch nie so viele englische Sätze am Stück geredet wie an diesem Nachmittag.

»Für mich nicht. Unsere Großmutter konnte noch Gälisch. Sie hat mit uns Kindern meistens in ihrer alten Sprache gesprochen. Schwierig ist nur, es anderen beizubringen.«

»Harfe ist ein schönes Instrument«, fuhr Anders fort. »Schade, dass du nicht Dudelsack spielst. Das hört Merle für ihr Leben gern. Aber Frauen spielen wohl nicht auf Dudelsäcken?«

»Doch, sicher, warum nicht? Allerdings braucht man viel Kraft dazu und eine gute Atemtechnik. Kyle spielt sehr gut auf dem Dudelsack. Er hat schon einige Preise bei den Highland Games gewonnen.«

Alle sahen mich an, als müsste ich vor Begeisterung gleich in die Luft springen, weil ein Dudelsackspieler unter uns weilte. Plötzlich fühlte ich mich total langweilig und uninteressant. Die Buchanans wussten und konnten so vieles, während ich keinerlei besondere Fähigkeiten hatte. Gleich würden sie fragen, welche Ausbildung ich machte und was ich werden wollte, da ich hier die Jüngste war. Aber ich hatte keine Lust, über mich zu reden, und sagte hastig: »Es hat aufgehört zu regnen. Wollt ihr euch nicht den Garten ansehen? Er ist verwildert, aber absolut paradiesisch!«

Während ich nur die Schönheit der weiß schimmernden Dunstschleier zwischen dem frischen grünen Laub sah, das Glitzern der Sonnenstrahlen in den Wasserperlen, die Spinnennetze zwischen den Zweigen und Ranken, die wie feinste Spitzenvorhänge im Luftzug bebten, überlegten Bronwen und Kyle, wie die ursprüngliche Gartenanlage ausgesehen haben mochte.

Die Steintreppen und überwucherten Wege, sagten sie, hätten einst auf Sichtachsen zugeführt und die ungezügelt wuchernden Buchsbäume wären früher Teil eines elisabethanischen Knotengartens gewesen und hätten Kräuterbeete in verschlungenen Mustern umrahmt. Jetzt wirkten sie eher, als hätte zwischen ihnen nie auch nur ein Graspolster Platz gehabt.

Mir gefielen sie so besser, als wenn sie sorgfältig in Form geschnitten gewesen wären, getrimmt wie Königspudel. Das sagte ich auch und sie lachten.

»Jetzt ist es ein Garten, in dem Elfen und Kobolde hausen könnten«, fügte ich hinzu.

»Brownies«, erwiderte Bronwen kichernd. »Das sind unsere schottischen Kobolde. Aber ich glaube, sie leben lieber in Häusern, was, Kyle?«

Er nickte. »Sie sitzen gern hinterm Ofen und wollen, dass man Milch und Honig für sie bereitstellt. Und sie ertragen keinerlei Unordnung.«

Ich war nicht sicher, ob er das ernst meinte. Glaubte er wirklich an Brownies und ähnliche Wesen? Irgendwie hätte ich es ihm zugetraut.

»Tragen sie Kilts?«, fragte mein Bruder, um eine witzige Bemerkung zu machen.

»Nein. Sie sind dafür bekannt, dass sie ziemlich zerlumpt herumlaufen, wenn man sie überhaupt sieht. Meistens sind sie unsichtbar. Und wer auf die Idee kommt, ihnen bessere Klamotten hinzulegen, macht sich unbeliebt. Dann verlassen die Bronwies das Haus und kehren nie wieder zurück, und das bringt unweigerlich Unglück.«

Ich hörte nur mit halbem Ohr zu. Während ich geistesabwesend auf die Steine am Wegrand blickte, zwischen denen Käfer krabbelten und Ameisen auf Beutezug gingen, dachte ich an die Menschen, die einst durch diesen Garten gestreift waren und das Haus bewohnt hatten – vor allem an einen.

»Dieser Mann, der verschwand«, sagte ich leise. »Alan Campbell. Woher weiß man, dass er zuletzt in Ashgrove war?«

Bronwen warf mir einen Seitenblick zu. »Keiner weiß das genau. Bis heute gibt es nur Vermutungen, was mit ihm passiert ist. Seine Spur verliert sich jedenfalls hier in der Hall. Die Rotröcke waren ihm ziemlich dicht auf den Fersen, ihm und dem Prinzen und seinen Getreuen. Sie haben sie bis zum Loch Ash verfolgt; dann verschwand Alan. Es ist auf jeden Fall geschichtlich verbürgt, dass er in der Schlacht bei Culloden verwundet wurde. Da ist es naheliegend, dass er zum Landsitz seiner Familie flüchtete und sich hier versteckte, weil er nicht weiterreiten konnte.«

»Es heißt, er hat dem Prinzen sein Pferd überlassen«, fügte Kyle hinzu. »Natürlich ranken sich jede Menge Geschichten um alles, was mit Bonnie Prince Charlie zusammenhängt. Vieles davon ist erfunden und die Storys sind im Laufe der Jahrhunderte immer abenteuerlicher geworden. Aber man kann davon ausgehen, dass es stimmt, was sich die Leute hier am Loch Ash seit Generationen erzählen: dass Alan Campbell sich in Ashgrove vor den Regierungstruppen versteckte und nie wieder auftauchte.«

»Könnte es nicht sein, dass er Ashgrove verließ und seine Flucht unerkannt oder verkleidet fortgesetzt hat, sobald die englischen Truppen abgezogen waren?«, fragte ich.

»Das halte ich für unwahrscheinlich. Er war ja verletzt, und wie hätte er sich durchschlagen sollen, ohne Pferd und ohne Hilfe? Außerdem hätte man bestimmt wieder von ihm gehört, wenn er noch am Leben gewesen wäre.«

»Ich denke, er hat sich irgendwo in Ashgrove verkrochen und ist an seinen Verwundungen gestorben, weil es niemanden gab, der ihn verarztet oder gepflegt hat«, erklärte Bronwen.

Irgendwo in Ashgrove … Ich blieb stehen und löste eine Brombeerranke vom Ärmel meiner Jacke. Das bedeutete doch nichts anderes, als dass seine Gebeine an einem verborgenen Ort im Haus oder im Park lagen, falls es nach so langer Zeit überhaupt noch Überreste seines Körpers gab.

»Das würde doch heißen, dass er … noch hier ist.«

Vielleicht klang meine Stimme ängstlich, denn Kyle streckte die Hand nach mir aus, ließ sie aber sofort wieder sinken. »Nach mehr als zweihundertfünfzig Jahren wäre wohl nicht mehr viel von ihm übrig – es sei denn, sein Körper läge an einem Ort, an den keine Luft kommt.«

Ich schauderte, versuchte es aber zu verbergen, so gut ich konnte.

Bronwen sagte ruhig: »Natürlich haben sie die Hall abgesucht – damals und auch später noch einige Male. Sein Versteck muss sehr gut gewesen sein, denn er wurde nie gefunden.«

Wir mussten umkehren. Die Büsche, schwer vom Regen, versperrten uns den Weg, und die Laubdächer der Bäume überschütteten uns mit einem Schauer von Tropfen, wenn der Wind hindurchfuhr.

»Er könnte auch irgendwo in den Ruinen von St. Mary's liegen«, meinte Kyle. »Vielleicht hat er sich dort versteckt. Die Kirche wurde schon lange zuvor von Cromwell zerstört. Es gibt eine Krypta, die nie jemand erforscht hat, vielleicht sogar unterirdische Gänge.«

Ich horchte auf. »Wo ist hier eine Kirche?«

Bronwen deutete nach links. »Hinter der westlichen Mauer von Ashgrove. Der Friedhof grenzt direkt an den Park. Er ist noch bis vor fünfzig Jahren genutzt worden, aber die Kirche ist eine Ruine.«

»Vermutlich stehen Ashgrove Hall und St. Mary's auf ehemaligen keltischen Kultplätzen«, erklärte Kyle. »Die Reste eines Eibenhains lassen darauf schließen. Einige der Bäume sollen mehr als tausend Jahre alt sein. Eiben waren heilige Bäume für die Kelten. Man hat auch ein paar Funde aus keltischer Zeit gemacht, als Gräber ausgehoben wurden.«

Ich mochte nicht fragen, ob es noch eine Glocke in den Überresten der Kirche gab, und das brauchte ich auch nicht. Ich konnte selbst hingehen und nachsehen. Doch es war mehr als unwahrscheinlich, dass im Turm einer längst zerstörten Kirche noch eine Glocke hing, die manchmal nachts läutete.

13

Da war keine Glocke, nur noch die Ruine eines recht-
eckigen Turms.

Wenn es je eine Glocke gegeben hatte, war sie sicher vor langer Zeit eingeschmolzen und zu Kano-
nenkugeln verarbeitet worden oder sie war in Stücke
zersprungen, die irgendwo tief unter den Mauerresten und Erdschichten und dem Gestrüpp verborgen
lagen.

So manches mochte unter den Trümmern von St.
Mary's verborgen sein. Es war ein Ort wie auf einem
romantischen Gemälde: überall Gesteinsbrocken
und Tragepfeiler, die wie Armstümpfe zwischen den
Bäumen aufragten und noch die Überbleibsel von
Rosetten und Spitzbögen erkennen ließen; der Turm,
zur Hälfte eingestürzt; in einer der verbliebenen
Mauern eine Fensterhöhle, durch die ich ein Stück
Himmel sah. Es gab riesige behauene Steinquader,
die von Moos und Flechten bewachsen waren, und
zwischen all dem Schutt und Geröll, den Resten von
Fensterumrahmungen und Bodenplatten, wuchsen
Efeu und Disteln, Farnkraut und Nesseln und Weiß-
dornbüsche, hohe, schlanke Birkenschösslinge, Ei-
chen und dorniges Gestrüpp und Kreise von weißen

Pilzen. Tauben gurrten in den Nischen und Höhlungen, der Boden war von ihren Exkrementen bedeckt. Zwischen dem Gemäuer schwebte bläuliches Licht, als hätte jemand ein mächtiges Weihrauchfass geschwenkt.

Ich passte auf, wohin ich meine Füße setzte. Überall zwischen den Steinbrocken konnten sich Spalten auftun. Wenn ich mir hier den Knöchel brach, konnte mir keiner helfen. Anders war nach Inverness gefahren, zu seinem ersten Tag an der Sprachenschule. Er wusste nicht, wohin ich gegangen war.

Auf einem der Steinblöcke ließ ich mich nieder. Zwischen den Mauerresten tauchte ein Wildkaninchen auf, beäugte mich erstaunt und hoppelte ohne große Eile davon. Ich dachte an Alice im Wunderland.

Ein Vogel sang süß und eindringlich.

Zwischen den bemoosten, ausgetretenen Bodenplatten unter meinen Füßen lag ein rubinrotes Stück Glas. Es hatte die Form eines Dreiecks. Ich hob es auf. Als ich die Scherbe abwischte und gegen die Sonne hielt, begann sie zu funkeln und die Welt dahinter wurde rot wie Burgunderwein. Einst mochte das Glas zu einem der Fenster von St. Mary's gehört haben. Vielleicht war es Teil vom Gewand eines Heiligen gewesen oder vom Blut eines getöteten Drachen.

Ich steckte die Scherbe in meine Jeanstasche und

suchte mir einen Weg zum Turm. Er war nur noch eine Hülle, sein Boden voll von Geröll und den Resten steinernen Zierrats, Rosetten und Muscheln und Teilen, die wie versteinerte Äpfel oder Birnen aussahen.

Doch in einer Seitenwand hatte eine Verzierung die Zeit überdauert – ein Gesicht, das in die Mauerkante gemeißelt war. Es war der Kopf eines Mannes mit Haaren, die wie verschlungene Zweige und Früchte und Blätter aussahen. Steinerne Ranken wuchsen aus seinen Mundwinkeln. Seine weit aufgerissenen Augen blickten mich starr und schmerzerfüllt an.

Ich überlegte, was dieser Kopf in der Mauer einer christlichen Kirche bedeuten sollte. War es ein Dämon? Ein Waldgeist? Mit Sicherheit war es kein Heiliger. Vielleicht konnte ich Kyle fragen, was es damit auf sich hatte. Wenn einer über solche Dinge Bescheid wusste, dann er.

Zwischen den Ruinen von St. Mary's und der Parkmauer von Ashgrove fand ich den Eibenhain, von dem die Buchanans gesprochen hatten. Die Bäume ragten wie dunkle, vom Alter gekrümmte Wächter über den Grabplatten des Friedhofs auf. Schief steckten die schlichten Tafeln in der Erde zwischen struppigem Gras und Kaninchenlöchern.

Ich suchte nach Namen und Jahreszahlen auf den Grabplatten. Die meisten Inschriften waren von Wind und Wetter ausgelöscht. Es gab Grabsteine, die wie Sarkophage geformt waren, und Kindergräber mit kleinen Gedenktafeln und Engeln, die ihre Hände segnend über das Gras hielten.

Doch ich fand auch leserliche Botschaften und Spuren aus der Vergangenheit. Eine Agnes Finlayson war erst neununddreißig gewesen, als sie starb. Und neben ihr lag Hamish Macrae, 1826 geboren und 1880 gestorben.

Langsam ging ich von einem verwitterten Grabstein zum anderen. Von den Gräbern selbst waren nicht einmal mehr die Umrisse zu erkennen. Die einfachen, oben oval behauenen Steinplatten neigten sich wie betrunkene Seeleute in alle Richtungen. Graue und schwefelgelbe Flechten überzogen sie mit zierlichen Mustern.

Dann, im Schutz einer Eibe, entdeckte ich einen Grabstein, auf dem ein bekannter Name stand: »*In loving memory of Mary Buchanan. 1724–1757*«. Und darunter: »*Her son Alan Buchanan, 1746–1784*«. Dazu ein seltsamer Spruch: »*Not Dead, but Sleepeth*«.

Ich stand lange davor. Wer mochten diese Mary Buchanan und ihr Sohn sein, die hier »nicht tot, sondern schlafend« lagen? Waren es Ururahnen von Kyle und Bronwen? Ich glaubte nicht, dass es in der dünn besiedelten Gegend um den Loch Ash eine zweite Familie gab, die Buchanan hieß. Und wenn es das Familiengrab der Buchanans war, weshalb standen dann nur zwei Namen auf dem Grabstein?

Das Flüstern des Windes in den Eiben folgte mir zur Parkmauer und ein Schwarm schwarzer Vögel flog mit rauschendem Flügelschlag von der Kirchenruine her über den Friedhof.

Dicht an der Grenze zu Ashgrove fand ich eine zweite Buchanan-Grabstätte. Vier Buchanans hatten hier ihre letzte Ruhestätte gefunden. Sie waren alle zwischen 1890 und 1950 gestorben.

Eine große Lücke klaffte bei den Buchanans in der Kette der Generationen. Wo hatte man Marys Mann begraben, wo die Kinder und Kindeskinder jenes Alan, der im Alter von achtunddreißig Jahren gestorben war? Oder hatte er keine Nachkommen gehabt? Lagen sie unter den namenlos gewordenen Steinplatten, die nur mehr von Flechten bedeckt waren?

Ganz in der Nähe stand der größte Grabstein des Friedhofs, ein schwarzer Obelisk mit vielen Namen und Jahreszahlen in vergoldeter Schrift – lauter Campbells. Ein Alan Campbell war nicht darunter.

Ich fühlte mich wie ein Eindringling, als ich in das große, noch fremde Haus zurückkehrte. Ein stilles Haus, das einst voller Leben und Geräusche gewesen war – Kinderstimmen, eilende Schritte von Bediensteten auf den Fluren, festliche Musik, das Wiehern der Kutschpferde vor der Einfahrt, Hundegebell, Stimmengewirr und Gelächter im Tanzsaal, Geschirrklappern aus der Küche. Nun war es unbewohnt und doch von allerlei Wesen bevölkert, die ich nicht sah und nicht kannte. Es hatte sein eigenes, verborgenes Leben.

Ich spülte Geschirr, kehrte den Küchenboden und begann die Küchenfenster zu putzen, die blind von Staub, Spinnweben und Fliegendreck waren. Dabei hatte ich die ganze Zeit dieses Gefühl im Rücken und im Nacken, dass jemand – etwas – mich beobachtete.

Es tat gut, ins Freie zu kommen. Dort schnitt ich die Efeuranken, die die Fenster überwucherten, mit einer Schere ab, so gut es ging. Dann putzte ich die Scheiben von außen. Ameisen, Spinnen und Asseln kamen aus ihren Verstecken im Mauerwerk und krabbelten an meinen nackten Armen und Beinen hoch, zwei Wespen und ein geflügelter Käfer summten mir um den Kopf.

Als ich die letzte Scheibe mit dem Handbesen von dürren Blättern und Unmengen toter Fliegen in ihren Spinnwebgräbern befreite, erklang plötzlich ein lautes Knacken, und eine Stimme sagte: »Hallo, junge Frau! Was machen Sie hier?«

Ich fiel beinahe in die Hortensienbüsche. Hinter mir stand eine stämmige Frau in einer prall sitzenden Latzhose mit einem Helm grauer Haare, die mich an einen Terrier erinnerten.

So lernte ich Daisy Westmacott kennen.

Sie erzählte mir, dass sie zweimal pro Woche für

ein paar Stunden in Ashgroves Park arbeite, um »das Schlimmste zu verrrhinderrrn«.

»Nicht dass es viel nützen würde«, sagte sie in ihrem liebenswerten schottischen Dialekt. »Es ist ein Kampf gegen Windmühlenflügel, aye. Um so einen riesigen Garten in Ordnung zu halten, müssten mindestens ein Obergärtner und drei Gehilfen fest angestellt sein, so wie es früher mal war. Viel kann ich nicht ausrichten. Irgendwann wird dieser Urwald die Hall unter sich begraben, so wie's mit den Palästen und Tempeln der Inkas und Azteken passiert ist.«

Sie schwenkte ihre Hacke. Irgendwie hatte ich das Gefühl, dass sie genauso froh war, mich hier anzutreffen, wie umgekehrt. Ich erzählte ihr von Tante Thisbe. Zu meiner Überraschung erinnerte sie sich sofort an »die kleine deutsche Lady mit dem Koboldgesicht«.

»Aye, wieso sollte ich sie vergessen haben? Sie kam mehrere Sommer zu uns. Eine lustige Dame. Sie hat immer ordentlich Schwung in die Hall gebracht.« Sie musterte mich mit freundlicher Neugier. »Und Sie sind mit Ihrem Bruder hier? Schön, so ein bisschen junges Blut zwischen all dem Moder und Verfall und den Geistern der Vergangenheit!«

Um in ihrer Nähe zu bleiben, begann ich auch noch die Terrassentür des Wohnzimmers zu putzen. Währenddessen schlug sie mit der Sense eine Schneise in die Brennnesselfelder, die sich um die Terrasse ausbreiteten. Dabei brummelte sie grimmig vor sich hin. Dann begann sie die Stoppeln und Wurzeln mit einer Hacke aus dem Boden zu hauen.

»Oberirdisch verbreiten sie sich durch Millionen von Samen, unterirdisch durch ein Geflecht von Wurzeln. Teufelszeug! Man muss jede Pflanze mit Stumpf und Stiel ausmerzen, ehe sie die Chance kriegt, alles unter sich zu begraben …«

Ich dachte an die Schmetterlinge, die die Brennnesseln als Eiablage und als Futter für ihre Raupen brauchten, sagte aber nichts, weil ich einsah, dass Ashgroves Park irgendwann ein einziges Feld von Brennnesseln und Brombeeren gewesen wäre, wenn man der Natur ihren Lauf gelassen hätte. Stattdessen fragte ich vorsichtig, was sie von den alten Geschichten wusste, die sich um die Hall rankten.

»Sie meinen Alan Campbell?« Ms Westmacott hörte auf zu hacken und wischte sich den Schweiß von der Stirn. Ihr Gesicht war rot angelaufen. »Es gibt keinen in unserer Gegend, der davon nicht schon gehört hätte, Miss Mcrlc. Und jeder hat seine eigene Theorie, was damals aus dem armen Laird wurde. Bis zum heutigen Tag sind wir alle sehr stolz auf ihn. Er war ein Held, hat sein Leben für Bonnie Prince Charlie riskiert.« Sie schöpfte Atem.

Rasch fragte ich: »Glauben Sie auch, dass er hier im Haus … in der Hall verschwand?«

114

Eine Weile musterte sie mich, wie um festzustellen, ob man mir trauen konnte. Sicher war sie einmal hübsch gewesen. Sie hatte eine fein geformte Nase und schwarze Augenbrauen, die wie der Pinselstrich eines japanischen Malers wirkten; dazu sehr dunkle, dicht bewimperte Augen.

»Viele sagen, er hat sich irgendwo in der Hall versteckt und ist da gestorben. Aber wieso hat ihn dann keiner je gefunden? Es ist nicht so, dass sie nicht nach ihm gesucht hätten ...« Wieder wischte sie sich die Schweißperlen von der Stirn und den Schläfen. »Manche meinen, er ist in die Ruinen von St. Mary's geflüchtet. Da soll es einen Geheimgang gegeben haben. Vielleicht liegt er irgendwo unter dem Schutt, der arme Laird, sagen sie. Er war ja verwundet und hatte keine Hilfe. Und die Rotröcke waren ihm dicht auf den Fersen. Ein Glück, dass sie ihn nicht gekriegt haben. Sie hätten ihn mit nach London geschleift und ihn dort gehängt ...«

Ich wartete. Ein Gefühl sagte mir, dass sie sich ihre eigene Meinung über den Verbleib Alan Campbells gebildet hatte, aber nicht ohne Weiteres bereit war, sie mir zu verraten.

»Und Sie?«, fragte ich. »Was denken Sie, was ihm zugestoßen ist? Vielleicht konnte er fliehen und irgendwo untertauchen?«

Daisy Westmacott schüttelte heftig den Kopf. »Dann hätte man später noch von ihm gehört, da bin ich sicher. Nein, er ist wohl hier am Loch Ash geblieben …« Sie senkte die Stimme. »Es gibt Leute, die sagen, dass die Feen ihn zu sich geholt haben.«

Ich blinzelte. Offenbar gehörte sie zu den Leuten, die so etwas für möglich hielten.

»Feen?«, wiederholte ich. »Aber das sind doch …« Ich wollte »Fabelwesen« sagen, kannte aber das englische Wort dafür nicht. »Sind das nicht diese zarten kleinen Wesen mit den Flügeln?«

Sie schnaubte und verzog das Gesicht. Fast dachte ich, sie würde sich abwenden und mich keines Wortes mehr würdigen, aber vielleicht hatte ich als Ausländerin Narrenfreiheit, denn sie erwiderte: »Unsinn! Alles dummes Zeug. Es ist eine Schande, was diese albernen Viktorianer sich da ausgedacht haben! Feen sind Naturgeister und man sollte sich hüten, sie nicht ernst zu nehmen. Sie hausen schon viel länger als wir Menschen jenseits der Grenzen unserer Welt, in unterirdischen Wohnungen, in den Hügeln und unter Weißdornbüschen.«

Ihre dunklen Augen funkelten mich an. Ich wusste, jetzt durfte ich nichts Falsches sagen. Also schwieg ich und wartete ab.

»Sie sollten aufpassen, was Sie sagen, Miss«, fügte sie leiser hinzu. »Die Feen können rachsüchtig und nachtragend sein, oft auch boshaft, wenn man sie ärgert. Und wer die Natur in der Nähe ihrer Behausungen zerstört, bekommt das zu spüren. Aber sie sind auch freundlich und helfen uns Irdischen. Manch einer hat schon Zuflucht bei ihnen gesucht, wenn er in Not war.«

»Sie meinen, Alan Campbell könnte vielleicht …« Ich hatte Probleme, es auszusprechen, so verrückt kam es mir vor. »Er könnte sich zu den Feen geflüchtet haben?«

»Aye, manche glauben daran. Es heißt, sie hausen in den Knolls, den Elfenhügeln nicht weit von St. Mary's. Man kann sie dort in manchen mondhellen Nächten tanzen sehen.«

Ich schluckte und dachte: Vielleicht macht sie sich über mich lustig? Doch sie sah sehr ernst aus, fast feierlich, und ich wagte es nicht, zu lächeln.

»Manchmal gelangen Sterbliche in ihr Reich«, fuhr sie im Flüsterton fort. »Wenn sie dort bei den Feen essen und trinken, müssen sie ewig unter den Hügeln bleiben und werden unsterblich wie die Feen selbst.«

Jenseits der Brennnesselfelder wiegten sich Malven mit ihren seidigen hellrosa Blüten sacht im Wind. Ein Schmetterling ließ sich auf Ms Westmacotts Haaren nieder. Er glänzte wie ein mit Edelsteinen besetztes Schmuckstück. Fasziniert und belustigt zugleich beschloss ich, sie reden zu lassen. Dass sie fest an das alles glaubte, war mir jetzt klar.

»Und der junge Laird muss ihnen gefallen haben, so schön und tapfer und treu, wie er nun einmal war.«

Unvermittelt drehte sie sich um und hackte weiter auf die Brennnesselwurzeln ein, als hätte sie schon zu viel gesagt.

Ich schüttete den Eimer mit Schmutzwasser aus, blinzelte in die Sonne und fragte mich für einen Augenblick, ob ich das alles vielleicht nur geträumt hatte. Doch es konnte nichts Realeres geben als Ms Westmacotts pralles, von blauem Jeansstoff umspanntes Hinterteil.

Verwirrt ging ich in die Küche, stellte den Wasserkessel auf, holte die restlichen Scones aus dem Kühlschrank und schob sie in den Backofen. Dann deckte ich den Tisch auf der Terrasse und fragte die Gärtnerin, ob sie mit mir Tee trinken wolle.

Strahlend ließ sie die Hacke fallen und wusch sich die Hände am Spülbecken. Dann trank sie vier Tassen Tee und strich sich ordentliche Portionen dickflüssige Sahne und Erdbeermarmelade auf die Scones.

»Sie sind wahrhaftig eine reizende Lass, der Himmel segne Sie! Genau das hab ich jetzt gebraucht bei dieser elenden Schufterei. Schlafen Sie denn gut in der Hall? So ein altes Gemäuer ist nicht jedermanns Sache. Und manche sagen ... Na ja, der alte MacDonald zum Beispiel behauptet, dass es in diesem oder jenem Raum nicht mit rechten Dingen zugeht.« Dabei sah sie mich prüfend von der Seite an.

Ich verschluckte mich an einem Kuchenkrümel. Während ich hustete und sie mir mit ihrer kräftigen

Gärtnerhand auf den Rücken klopfte, erschien Anders in der Terrassentür.

Ms Westmacott ließ von mir ab, setzte sich wieder und trank eine weitere Tasse Tee. Ich brachte meinem Bruder Roggenbrot und Käse. Er sah müde aus. Als ich ihn fragte, wie ihm sein erster Tag im Kurs gefallen habe, zuckte er mit den Schultern.

»Ich bin der Älteste«, sagte er. »Alle anderen sind blutjung. Die Lehrer sind ganz okay, glaube ich.«

Es klang nicht gerade begeistert. Ms Westmacott betrachtete ihn und meinte, wir seien ein sehr ungleiches Geschwisterpaar. Daraufhin verdüsterte sich Anders' Gesicht. Ich wünschte, sie hätte nichts dergleichen gesagt, denn ich wusste, wie mein Bruder diese Bemerkung auslegte: dass sie ihn hässlich und unscheinbar fand und mich hübsch und anziehend. Zu viele Leute hatten ihm das schon auf nicht besonders zartfühlende Art zu verstehen gegeben.

»Ich gehe nach oben und lege mich hin«, brummelte er und stand auf. »Weckst du mich in einer Stunde, Merle?«

Er sprach deutsch, was Ms Westmacott gegenüber nicht gerade höflich war, und verschwand mit einem kurzen Nicken in ihre Richtung. So kam es, dass die beiden sich vom ersten Tag an nicht mochten und den ganzen Sommer lang hartnäckig an ihrer gegenseitigen Abneigung festhielten.

14

Gegen Abend kamen heftige Windböen auf.

Wir machten noch einen Spaziergang zum See. Anders hoffte wohl, Bronwen zu begegnen, auch wenn er nichts dergleichen sagte. Doch wir trafen keine Menschenseele.

Auf dem See türmten sich die Wellen, Wolkengebirge zogen über die Gipfel der Cairngorms und näherten sich in bedrohlichem Tempo. Sie waren tintenblau und grau wie Asche und verdichteten sich zu einer Wand, die wie ein feindliches Heer zum Loch Ash vorrückte. Das Wasser brandete gurgelnd gegen den Strand. Plötzlich roch es nach Tang und toten Fischen.

Eilig traten wir den Rückzug an. Auch der Park war in Aufruhr. Die Wipfel der Bäume bogen sich, Äste und Stämme ächzten. Vögel, Schmetterlinge, Hummeln und die blitzenden Fliegen waren verschwunden. Nur ein Frosch quakte klagend und im Erdgeschoss der Hall schlugen Fensterflügel im Wind. Der Efeupelz an den Hauswänden wogte und raschelte und knisterte. Blätter, kleine Steine und Blüten wirbelten uns entgegen.

»Wir sollten alle Fenster und Türen verrammeln!«,

rief Anders. »Das sieht nach einem höllischen Unwetter aus.«

»Vielleicht vertreibt der Wind die Gewitterwolken.«

»Das glaub ich nicht. Seen ziehen Gewitter an, das ist ein Naturgesetz.«

Wir saßen am Küchentisch und warteten. Hinter den frisch geputzten Fensterscheiben zuckten Blitze. Das Grollen des Donners wurde immer lauter. Dunkelheit senkte sich über den Park. Durch alle Ritzen und die undichten Fenster drang der Geruch des Sees ins Haus, den ich hier vorher nie wahrgenommen hatte.

Wir machten Licht, doch schon nach kurzer Zeit flackerten die Glühbirnen und verlöschten.

»Stromausfall!«, sagte ich. »Das kann ja heiter werden! Hast du noch ein paar Batterien für die Taschenlampen?«

»Schon, aber die liegen auf der Kommode in meinem Zimmer.«

»Ich glaube, ich hab hier in einem der Schränke Kerzen und Streichhölzer gesehen.«

Beim flackernden Schein einer Haushaltskerze saßen wir bis in die Nacht hinein auf den unbequemen Küchenstühlen, lauschten dem Unwetter, das sich über dem Loch Ash entlud, und redeten über die Buchanans; vor allem natürlich über Bronwen, die Anders nicht mehr aus dem Kopf ging. Dann, als es zu diesem Thema nichts mehr zu sagen gab, erzählte ich von Daisy Westmacotts Feen.

Natürlich tat mein Bruder alles als blühenden Unsinn ab.

»Dass es noch Leute gibt, die an einen derart abgedrehten Schwachsinn glauben!« Er regte sich dabei richtig auf. »Abergläubisches Gelaber! Feen, die Sterbliche in ihr Reich locken … Das hält man doch im Kopf nicht aus!«

Zu meiner eigenen Überraschung ergriff ich Partei für die Gärtnerin. »Es gibt so vieles auf unserer Welt, was wir mit unserem begrenzten Verstand nicht wissen oder begreifen können, Anders. Wieso bist du so sicher, dass du recht hast und sie dummes Zeug redet?«

Er starrte mich so entrüstet an, dass ich lachen musste.

»Sag bloß nicht, dass du an dieses Gefasel glaubst, Merle, sonst müsste ich an deiner geistigen Zurechnungsfähigkeit zweifeln …«

»Ich behaupte ja nicht, dass ich es glaube«, verteidigte ich mich. »Aber ich tue es auch nicht von vornherein als Schwachsinn ab, so wie du. Und die Ruine von St. Mary's ist wirklich ein magischer Ort. Du solltest mal mit mir dorthin gehen, oder besser noch, sieh sie dir allein an. Kyle hat doch gemeint, dass die Kirche auf einem keltischen Kultplatz steht. Und die Kelten haben an Feen geglaubt und an eine

Anderswelt, an all so was. Das ist in den Leuten hier noch lebendig. Und eigentlich finde ich das wunderbar ...«

Solange wir auch redeten, wir konnten uns nicht einigen.

Draußen regnete es jetzt in Strömen und der Wind peitschte Wasserfontänen gegen die Fensterscheiben. Durch ein Loch über der Mauernische, in der einst offenes Feuer gebrannt hatte und wo jetzt der Küchenherd stand, kamen kalte, feuchte Luftwirbel hereingeweht und unter der Terrassentür bildete sich eine Pfütze.

Noch immer hatten wir keinen Strom. Im flackernden Kerzenschein tappten wir um Mitternacht die große Treppe hinauf und durch die dunklen, verwinkelten Gänge zu unseren Zimmern.

Anders gab mir noch eine Reservebatterie für meine Taschenlampe. »Das Unwetter wird bald vorbei sein«, meinte er. »Der Theaterdonner hat schon aufgehört. Aber ich werde sowieso nicht viel davon mitbekommen. Ich bin hundemüde.« Damit verschwand er laut gähnend hinter seiner Zimmertür.

Am liebsten wäre ich ihm gefolgt und hätte mich zu ihm ins Bett gelegt wie früher als Kind, wenn ich mich fürchtete. Doch er wollte offenbar allein sein und seine Ruhe haben und vielleicht von Bronwen träumen.

Finsternis erfüllte mein Zimmer wie dichter

Rauch. Ein fremder Geruch lag in der Luft, den ich nicht einordnen konnte. War es Moder? Lavendel? Kampfer? Nein, eher vielleicht Tabakrauch und Puder, vermischt mit Schweiß … und Blut.

Schnuppernd stand ich auf der Schwelle, hob die Kerze und ließ den schwachen Lichtschein durchs Zimmer wandern. Kam es vom Kamin? Vielleicht hatte der Sturmwind den Geruch von Rauch und verkohltem Holz, von verbranntem Papier und Pfeifenasche aus längst vergangenen Tagen aufgewirbelt.

Und doch … Ich hätte schwören können, dass auch ein leicht süßlicher Hauch von Blut im Raum lag, als hätte jemand in einer Ecke oder einer Schublade ein blutgetränktes Kleidungsstück versteckt.

Wenn ich nur elektrisches Licht gehabt hätte, dann hätte ich überall nachsehen können. Mit der flackernden Kerzenflamme, die jeden Augenblick verlöschen konnte, wollte ich nicht in die Winkel leuchten.

Ich mochte mich nicht einmal ausziehen, so sehr hatte ich das Gefühl, dass da etwas in meinem Zimmer war, was ich nicht sehen und nicht greifen konnte. Doch ich spürte es mit einem Instinkt, den Tiere für Gefahr haben und von dem vielleicht auch uns Menschen noch ein Rest geblieben ist.

Ich streifte nur meine Schuhe ab und schlüpfte mit Jeans und Sweatshirt unter die Bettdecke. Den Leuchter mit der brennenden Kerze ließ ich auf dem Nachttisch stehen und nahm mir vor, die Flamme auszublasen, bevor ich einschlief, wenn sie nicht vorher schon vom Wind gelöscht wurde. Denn der Wind brauste rastlos und fand seinen Weg durch alle Ritzen, durch die undichten Fenster, durch den Kamin. Er kam unter der Tür durch und strich über den Boden, fuhr unter die Teppiche und hob sie an den Kanten hoch. Er rüttelte an den Türen und ließ die Deckenlampe hin und her schwingen. Die Vorhänge flatterten, als hätten gefangene Vögel ihre Schwingen ausgebreitet.

Wie heftige Atemzüge kamen und gingen die Windstöße. Vielleicht trugen sie die seltsamen Gerüche ins Zimmer. Vielleicht lag draußen im Garten ein totes Tier in seinem Blut, das von einem Fuchs oder Marder oder einer Wildkatze gerissen worden war.

Mein Kopf war schwer vor Müdigkeit, doch ich wagte es nicht, einzuschlafen. Die Kerze mochte ich nicht löschen; aber sie brennen zu lassen, während ich schlief, wäre zu gefährlich gewesen.

Langsam ließen die Regengüsse nach, doch der Wind rüttelte weiter am Haus. Ich sah zum Betthimmel auf. Er schien zu schwanken. Die Fransen und Quasten pendelten hin und her, die Stoffbahnen blähten sich wie Segel.

Ich weiß nicht, wie oft mir die Augen zufielen und wie oft ich sie gewaltsam wieder aufriss. Irgendwann aber musste ich eingeschlafen sein, denn ich begann zu träumen. Jemand trat zu mir. Die Gestalt stand neben meinem Bett und sah auf mich herab. Es war ein Mann, das wusste ich. Sein Gesicht lag im Schatten, ein bleiches Oval, das wie das Innere einer Muschel schimmerte. Seine Augen glichen verglühten Kohlestücken.

Die Gestalt war ohne feste Konturen. Sie schien zu zerfließen und sich ständig zu verändern. Trotzdem war ich sicher, dass ich diesen Mann kannte. Ich hatte ihn schon einmal gesehen. Er war hier zu Hause, in diesem Zimmer, und er hatte auf mich gewartet. Er roch nach Blut. Es war sein Geruch, den ich vor dem Einschlafen wahrgenommen hatte. Ich dachte: Wer bist du? Was willst du von mir? Und seine Antwort hatte keinen Laut, keine Sprache. Sie war wie eine Kraft, die sich durch Gedanken übertrug.

Du weißt es. Komm mit ...

Im nächsten Augenblick löste er sich auf und wurde ein Teil der Dunkelheit, die ihn umgab.

Jetzt wanderte ich im Traum durch Ashgrove Hall, durch die Gänge und über Treppenabsätze, durch Flure und Korridore, die Galerie entlang und die mächtige Eichentreppe hinunter.

Unter der Treppe befand sich ein höhlenartiger Bereich. Die Wand, in der die Treppenstufen verankert waren, war ganz mit Holz vertäfelt, eine Vertäfelung voller Schnitzereien: Rauten und verschlungene zopfähnliche Muster, Ranken aus Weinlaub und Trauben, Teufelsfratzen und Tierköpfe.

126

Der Kopf eines Ebers zog meinen Blick auf sich. Sein Maul war schief, seine eng zusammenstehenden Augen trugen einen tückischen Ausdruck. Sie schienen mich anzustarren.

Und während ich den Blick nicht von den Tieraugen lösen konnte, wurden sie lebendig und funkelten. Die gespitzten Lippen bewegten sich, die Hauer stießen aus dem Holz. Es war, als würde der Kopf des Ebers sein Gefängnis sprengen, ausbrechen und mir entgegenspringen.

Ich wich zurück, drehte mich um und rannte davon. Da kamen sie die Treppe herunter, eine Schar Männer in roten Uniformjacken und weißen Stulpenstiefeln, lautlos, mit Degen und Flinten und Pistolen; die abgestumpften, erschöpften Gesichter bleich unter den hohen Hüten.

Sie schienen mich nicht zu sehen, und doch flößten sie mir panische Angst ein. Nie zuvor hatte ich solche Furcht, solches Grauen empfunden. Ich musste aufwachen, musste dieses längst vergangene Ereignis verlassen und in mein Leben zurückkehren, um der Gefahr zu entrinnen …

Mit einem Ruck fuhr ich aus dem Schlaf hoch. Alles war still um mich her. Die Kerzenflamme war verlöscht.

Sie hatten sich zurückgezogen, er und seine Verfolger – an einen Ort jenseits von Zeit und Raum, den ich nicht kannte.

Morgenröte färbte die Fensterscheiben mit rosigem Schein. Der Sturm hatte sich gelegt, die Nacht war vorüber.

15

Ich stand unter der Treppe von Ashgrove Hall.

Selbst an einem hellen Morgen wie diesem herrschte hier Halbdunkel. Doch auch ohne künstliches Licht sah ich genug.

Alles war so wie in meinem Traum. Die vertäfelte Wand unter den Stufen, die Kassetten mit den geschnitzten Verzierungen, den Teufelsfratzen und Tierköpfen, das Relief des Ebers, über dem in verschnörkelten Buchstaben das Motto der Campbells stand:

Ne obliviscaris!

Vergiss nicht … Ich erkannte den Kopf des Ebers, seine Hauer zwischen den gespitzten Tierlippen, die schneckenartig geringelten Haarbüschel, die eng zusammenstehenden Augen mit dem tückischen Blick.

Eine Weile stand ich regungslos, ohne einen klaren Gedanken fassen zu können, bis ich über mir Anders' Schritte auf der Treppe hörte. Unwillkürlich duckte ich mich, obwohl er mich hier unten sowieso nicht sehen konnte.

In der Halle rief er nach mir, ohne zu ahnen, wie nahe ich ihm war.

»Merle! Bist du in der Küche? Das Bad ist frei!«

Ich gab keine Antwort und wartete. Sobald er im Seitenflur verschwunden war, lief ich nach oben, wusch mich und zog mich an. Als ich in die Küche kam, hatte mein Bruder schon Kaffee gekocht und den Frühstückstisch gedeckt.

»Ist dir nicht gut?«, fragte er und musterte mich besorgt. »Du bist irgendwie etwas grün im Gesicht.«

Ich sagte, ich hätte schlecht geschlafen. Schon vorher hatte ich beschlossen, ihm nichts von allem zu erzählen, denn es war wie mit Daisy Westmacotts Feen: Er hätte mir nicht geglaubt.

»Ich hab geschlafen wie ein Stein«, sagte er. »Meine Nase hat sich anscheinend an den Staub gewöhnt. Und ich hab irgendwas Wunderbares geträumt.«

Sicher erwartete er, dass ich mich erkundigte, was das denn Wunderbares gewesen sei, aber ich hing meinen eigenen Träumen und Gedanken nach. Anders musste mir seine nächste Frage zweimal stellen, ehe ich sie mitbekam:

»Fährst du heute mit nach Inverness? Du kannst dir die Stadt ansehen, während ich in der Schule bin.«

Das war auf jeden Fall besser, als in dem einsamen Haus zu bleiben und über Rätsel nachzugrübeln, die vielleicht ewig unlösbar bleiben würden. Ich nahm meinen kleinen Rucksack, den Regenumhang und die Geldbörse und wir schlossen die Eingangstür hinter uns ab.

Zarte Dunstschleier lagen über dem Loch Ash. Als

wir von Ashgroves Zufahrt auf die Landstraße ab-
bogen, die sich zwischen dem Ufer und den Hügeln
dahinschlängelte, deutete Anders auf ein Wäldchen
hinter Rhododendronbüschen und Weißdornhe-
cken.

»Irgendwo dort drüben müsste ›The Briar‹ sein.«

The Briar, das Haus der Buchanans. Ich dachte
an Kyle und Bronwen. Wenn es jemanden gab, mit
dem ich über die Rätsel der vergangenen Nacht reden
konnte, dann vielleicht einer von den beiden. Nein,
nicht Kyle. Ich wollte nicht, dass er mich für eine von
diesen Eso-Tanten hielt, die sich abgehobenes Zeug
einbildeten. Bronwen vielleicht …

Das »Zentrum der Highlands«, wie Inverness in
unserem Reiseführer genannt wurde, war eine kleine,
nicht besonders spannende Stadt. Doch selbst wenn
es die schönste, aufregendste aller Städte gewesen
wäre, hätte ich wohl an diesem Tag nicht viel davon
mitbekommen.

Ich kaufte auf der High Street, die sich wenig von
den Einkaufsstraßen anderer Städte unterschied, Seife
und Haarshampoo und eine große, stabile Taschenlampe mit Ersatzbatterien. In einer der Seitengassen
kam ich an einer Buchhandlung vorbei und fand dort
in einer Kiste vor dem Schaufenster eine verbilligte
Ausgabe von Emily Brontës »Sturmhöhe«.

Danach lief ich ziellos umher, bis ich erschöpft
war, und setzte mich dann in ein kleines Restaurant.

Es hieß »Death by Chocolate«, nach der berühmten Süßspeise. Um die bleierne Müdigkeit in meinen Gliedern und die Verwirrung in meinem Kopf zu vertreiben, trank ich mehrere Tassen starken Tee und aß einen Pfannkuchen, der mit Honig bestrichen war. Dabei fielen mir die Brownies ein und ich dachte wieder an Kyle Buchanan, der sich so gut mit schottischen Kobolden auskannte.

Ich versuchte in Emily Brontës Roman zu lesen, konnte mich aber einfach nicht auf den Text konzentrieren. Beim Läuten der Mittagsglocken ging ich zum River Ness und überquerte die leicht schwankende Hängebrücke.

Zwei kleine Jungen setzten Rindenboote aufs Wasser und manövrierten sie mit Stöcken am Ufer entlang. Ich entdeckte eine Bank unter einer Trauerweide, auf der ich mich niederließ. Die Luft war erfüllt von Möwengeschrei und dem Geruch nach Malz, Tang, Algen und Schlick.

Als ich die Augen schloss, kamen die Bilder der Nacht zurück. Traumbilder? Trugbilder? »Nachtmahr« hätte meine Großmutter es genannt.

Mein Vater tat es als Aberglaube ab, wenn Großmutter von der Drud erzählte, die sich nachts auf die Brust der Schlafenden setzte und ihnen Albträume verursachte. Er hatte ihr verboten, uns Kinder damit zu erschrecken. Doch das, was ich erlebt und erfahren hatte, war anders gewesen.

132

Kein böser Geist hatte versucht, Macht über mich zu gewinnen. Er war in friedlicher Absicht gekommen, daran zweifelte ich nicht. Für meine Furcht und mein Grauen konnte er nichts. Und während ich dasaß und den Fluss murmeln hörte, begriff ich, dass es einen Grund für sein Erscheinen geben musste.

Und das war nur ein Teil des Rätsels. Die Wandvertäfelung unter der Treppe … Ich konnte schwören, dass ich sie zuvor nie gesehen hatte. Wie hätte ich sie auch kennen sollen? Wir waren nicht dort gewesen; es hatte keinen Grund gegeben, uns dort umzusehen. Und doch hatte ich davon geträumt, als würde ich diesen dunklen Ort seit Langem kennen.

Hatte Tante Thisbe mir davon erzählt? Nein, sicher nicht. Und selbst wenn es so gewesen wäre, hätte ich doch von einer bloßen Schilderung niemals alles so genau wissen können, es nicht in allen Einzelheiten so deutlich vor mir gesehen, als hätte mich im Traum jemand unter die Treppe geführt und es mir gezeigt.

War es eine Botschaft? Hatte der nächtliche Besucher versucht, meine Aufmerksamkeit auf etwas zu lenken? Wollte er mir auf seine Art etwas begreiflich machen?

Aus der Ferne trug der Wind die Klänge eines Dudelsacks zum Fluss herüber. Die Melodie klang klagend und wehmütig wie ein Ruf aus längst vergangener Zeit und ich dachte: *Vergiss nicht!* Er will nicht vergessen werden. Ist es das?

Und als ich die Augen wieder schloss, sah ich sie vor mir, die nächtliche Schar, die Männer in den roten Jacken, wie sie lautlos die große Treppe von Ashgrove herunterkamen. Ich hatte die Gefahr gespürt, die von ihnen ausging, hatte mich gefühlt, wie ein wildes Tier sich fühlen mag, wenn Jäger und Hunde es einkreisten.

Die Rotröcke! So hatten Bronwen und Kyle sie genannt. Plötzlich verstand ich. Es waren Rotröcke gewesen, englische Regierungstruppen, die Ashgrove durchsuchten. Ich hatte sie im Traum gesehen. Vielleicht war es nur meine Fantasie gewesen, die mir diese Schreckensbilder vorgegaukelt hatte. Und doch, im tiefsten Innern wusste ich, dass es sich genau so zugetragen hatte, vor vielen, vielen Jahren, und dass es sie wirklich gegeben hatte, diese Männer mit den bleichen Gesichtern, den Stulpenstiefeln und Waffen, dort auf der Treppe von Ashgrove Hall.

16

Ein Zettel steckte unter der Eingangstür, als wir nach Ashgrove zurückkamen. Er war von Bronwen.

Mein Bruder wurde rot vor Aufregung. Das Blatt Papier in seinen Händen zitterte, während er mir vorlas, was darauf stand: dass die Buchanans uns für morgen Abend zum Essen einluden, wenn Kyle von seiner Tour zurück war; und falls wir etwas mitbringen wollten, sollte es eine Flasche einfacher Wein sein. Auf der Rückseite des Zettels war eine Skizze, wie wir The Briar finden konnten.

Ich überlegte, ob ich während unseres Besuchs die Gelegenheit haben würde, allein mit Bronwen zu sprechen. Doch wahrscheinlich würde sich Anders wie eine Klette an ihre Fersen heften. Ich beschloss sie zu fragen, ob sie sich am Freitag mit mir auf einen Spaziergang treffen wollte. Dann war Anders in Inverness und hatte keine Möglichkeit, hinter ihr herzutapern und sie mit seinen Dackelblicken zu verfolgen.

Je weiter der Nachmittag vorrückte, umso unruhiger wurde ich. Sollte ich das Zimmer wechseln? Es gab jede Menge unbenutzte Räume im Haus und ich brauchte meinem Bruder gegenüber keine langen Erklärungen abzugeben. Ich konnte einfach behaupten, dass ich in dem Bett schlecht schlief, weil die Matratze zu hart oder zu weich war.

Während Anders Spaghetti mit Tomatensoße kochte und glückselig vor sich hin pfiff, fand in meinem Kopf ein heftiges Zwiegespräch statt. Eine Stimme sagte, dass alles besser war, als eine weitere Nacht in einem Raum zu verbringen, in dem ich mich keinen Augenblick sicher fühlen konnte, weil es dort offenbar spukte, während eine zweite Stimme dagenhielt, dass Wände und Türen und Fenster für Sterbliche Hindernisse sein mochten, aber nicht für Wiedergänger.

»Merle!« Anders wedelte mit dem Küchentuch vor meinem Gesicht herum. »Hallo! Hörst du mir gar nicht zu? Woran denkst du die ganze Zeit? Doch nicht an …?« Er stockte.

Ich erwiderte, ich hätte an nichts Besonderes gedacht, ich wäre nur müde. In Wahrheit ging die Diskussion in meinem Kopf weiter. Die zweite Stimme sagte, wenn er mich finden wollte, würde er mich überall finden, im ganzen Haus. Er wird dir nichts tun!, versicherte die Stimme. Das weißt du genau, also, sei nicht feige und versuche nicht, dich zu verstecken; es wird dir sowieso nicht gelingen …

»Meine Haare sind schon etwas gewachsen, findest du nicht?« Anders tröpfelte mit dem Kochlöffel Tomatensoße auf den Boden. »Es war dumm von mir, sie kurz vor unserer Abreise schneiden zu lassen. Meinst du, du könntest sie mir etwas … so leicht nach hinten föhnen?«

Sein Blick war so rührend und kindlich, dass ich aufstand, die Arme um ihn legte und ihn an mich drückte.

Später nahm ich die Taschenlampe mit nach oben, die ich in Inverness gekauft hatte, und legte sie auf meinen Nachttisch. Dabei wusste ich, dass ich sie nicht brauchen würde. Der Strom funktionierte längst wieder und ich konnte die Wandlampe neben dem Bett brennen lassen.

Ich dachte, ich würde nicht einschlafen können, doch da täuschte ich mich. Ich schlief tief und fest und hatte witzige Träume, in denen Kyle vorkam. Wir ruderten auf dem See herum und lachten darüber, dass lauter Seeungeheuer aus Plastik im Wasser schwammen, und mein Bruder saß auf einem Felsen am Ufer und kämmte sich die Haare wie die Loreley in dem alten Lied.

Der folgende Tag war ein Donnerstag, der Tag, an dem Mr Mac und Daisy Westmacott stets beide zu erscheinen pflegten, wie wir bald feststellten.

Rob Roy, der Hund des Verwalters, folgte mir auf Schritt und Tritt, wanderte mit mir durch den Park bis zu einer verwitterten Bank unter Schmetterlingssträuchern. Dort ließ ich mich nieder und er legte sich zu meinen Füßen ins Gras, schloss die Augen und seufzte zufrieden.

Ich hatte das Buch über die Jakobitischen Aufstände dabei und las von der letzten entscheidenden Schlacht, die 1746 auf dem Moor von Culloden stattgefunden hatte. Eine der wichtigsten Figuren aufseiten der Engländer war ausgerechnet ein Campbell gewesen, der zweite Herzog von Argyll, damaliger Chief des Campbell-Clans.

Alan Campbells Namen suchte ich vergebens. Von all jenen, die Bonnie Prince Charlie auf seiner Flucht durch die Highlands geholfen hatten, waren nur zwei erwähnt: eine Frau, die Flora MacDonald hieß, und ein Earl of Kenmure. Die Engländer hatten ihn für seine Teilnahme an den Jakobitischen Aufständen exekutiert; das hieß wohl, entweder erschossen oder geköpft oder gehängt.

Das gleiche Schicksal hatte auch Alan Campbell gedroht, sollten seine Verfolger ihn finden. Er war in Lebensgefahr gewesen und musste in seinem Versteck Todesängste ausgestanden haben, wo immer es sich auch befunden hatte.

Auf einer der letzten Seiten fand ich den Abdruck eines Schlachtengemäldes. Im Vordergrund waren zwei Reiter auf einem braunen und einem weißen Pferd abgebildet, mit blauen Jacken, Degen in den Händen und Dreispitzen auf den gepuderten Perücken. Im Hintergrund erkannte man vereinzelte Bau-

138

ernhöfe und Bergmassive, dazwischen kämpfende Truppen zu Fuß und auf Pferden.

Eine Truppe bestand aus Highlandern. Sie trugen grün karierte Röcke, helle Jacken und die typischen flachen Mützen, die Bonnets genannt werden.

Mein Blick blieb an den vielen kleinen Figuren hängen, die wie Zinnsoldaten in Reih und Glied gegen sie aufmarschierten, die Flinten im Anschlag, umwölkt von Pulverdampf. Und mit jähem Erschrecken erkannte ich sie wieder – ihre langen roten Jacken, die wie Bischofsmützen geformten Hüte, die weißen Stulpenstiefel, die ihnen bis über die Knie reichten.

Genau so hatten die Männer auf der Treppe ausgesehen – die Männer in meinem Traum.

Die Sonne schien warm auf Ashgroves Dachschindeln und Kamine. Ich blinzelte und schloss die Augen. Sie hatten ihn verfolgt, ihn im Haus und wohl auch draußen im Park gesucht. Vielleicht hatten sie gehofft, sogar den Prinzen hier zu finden.

Wo hatte sich Alan Campbell versteckt? Sicher hatten sie keinen Schrank, kein Bett, keine Kammer, keinen Winkel unbeachtet gelassen, hatten Keller und Dachböden durchstöbert. Es musste Schränke mit doppelten Wänden geben, eine Höhlung unter Bodenbrettern, Hohlräume hinter Mauern, einen Geheimgang … Irgendein höchst ausgeklügeltes Versteck, das nur der fand, der von ihm wusste.

Vor Jahren hatte ich von sogenannten Priesterverstecken hinter Bücherregalen oder Wandschränken gelesen, die sich öffnen ließen, indem man auf etwas drückte – auf einen Buchrücken, eine bestimmte Stelle in einem Gemälde.

Vielleicht wäre ich der Lösung des Rätsels schon an diesem Nachmittag ein Stück näher gekommen, wäre nicht Ms Westmacott ausgerechnet in diesem Moment aufgetaucht, um mir zu sagen, dass eine der Eichen morsch sei »wie ein hohler Zahn« und gefällt werden müsse, ehe ein Unglück geschehe.

»Man sollte dringend ein paar Männer mit Motorsägen kommen lassen. Wahrscheinlich muss die Krone abgeseilt werden.«

Sie stand vor mir und sah mich erwartungsvoll an, als wäre ich die Herrin von Ashgrove Hall. Rob Roy war aufgewacht und verzog sich unter die Bank. Wahrscheinlich mochte er die geballte Energie nicht, die von Daisy Westmacott ausging.

»Meinen Sie, ich soll meine Tante anrufen und sie bitten, mit Lady Campbell zu reden?«, fragte ich unbehaglich.

»O nein, die kümmert sich nicht um solche Dinge, damit darf man sie nicht belästigen! Aber es gibt andere … andere, deren Aufgabe es wäre, dafür zu sorgen, dass die Baumfäller beauftragt werden …«

Sie meinte MacDonald, den Verwalter, das begriff ich jetzt. Was machte sie, wenn sonst keiner hier war, der ihm ihre Botschaften übermittelte? Heftete sie Zettel an die Tür?

Ich stand auf und wir gingen hinter ihr her zur Terrasse, Rob Roy und ich. Mr Mac sagte weder Ja noch Nein, er brummelte nur etwas Unverständliches vor sich hin, als ich ihm die Sache unterbreitete. Ich hatte den Eindruck, dass er den morschen Baum für einen Rachefeldzug der Gärtnerin gegen seine Person hielt.

Anders kam gegen vier und brachte den Wein für die Buchanans mit. Er nervte mich mit langatmigen Überlegungen, was er abends anziehen solle, welches von seinen Hemden – oder vielleicht lieber ein T-Shirt – und darüber seinen besten Kaschmirpulli.

Ich musste ihm die Haare föhnen, was nicht einfach war, weil sie nicht so wollten, wie er es sich vorstellte. Sie waren nicht daran gewöhnt, nach hinten gekämmt zu werden, und fielen ihm immer wieder seitlich über die Ohren, was nicht allzu prickelnd aussah.

»Wir brauchen Gel«, erklärte er schließlich, aber das hatten wir nicht.

Also fuhr er tatsächlich noch einmal nach Blanachullish, um im Supermarkt Haargel zu kaufen, und ich dachte wieder, dass es ihn wirklich schwer erwischt haben musste.

Auch mir war es nicht gleichgültig, wie ich an diesem Abend aussah. Ich zog meine Lieblingsjeans an, die schon recht abgewetzt und ausgebleicht war, und dazu eine auf Figur geschneiderte Samtjacke mit glockigem Schößchen, ein Geschenk von Tante Thisbe. Sie hatte die Jacke als junges Mädchen getragen. Ich fand, dass sie meine schmale Taille betonte und gut zu meinen goldbraunen Haaren passte.

»Du siehst super aus!«, sagte Anders. »Aber dazu gehören deine Perlenohrringe, Merle. Hast du sie nicht dabei?«

»Doch, schon. Ich möchte mich nur nicht zu sehr aufbrezeln. Wir sind doch einfach nur zum Essen eingeladen, es ist kein Fest oder so was …«

Schließlich zogen wir in voller Pracht los, Anders mit Gel in den Haaren, ich mit meinen Perlenohrringen und dünnsohligen Ballerinas, die zwar gut zu der Jeans passten, aber auf dem steinigen Pfad am Seeufer höllisch unbequem waren. Denn wir hatten beschlossen, zu Fuß zu gehen.

»Es sind schätzungsweise nur fünfzehn Minuten. Da wäre es albern, mit dem Auto vorzufahren«, meinte Anders.

Dann wurde er vor Nervosität immer schweigsamer. Die Wellen schwappten friedlich an den Strand und zwei große schwarze Vögel schwebten über dem See. Auf den Hängen der Bergketten und den kahlen Gipfeln lag schimmernd das Abendrot, während sich Schatten über die Felsspalten und Schluchten breiteten.

Was für ein friedlicher, weltabgeschiedener Ort!,

dachte ich. Und doch hatten auch hier Menschen ge-
kämpft und gelitten, waren für ihre Auffassung von
Ehre und Treue verfolgt und getötet und von ihrem
Land vertrieben worden. Und manche Schrecken der
Vergangenheit schienen die Zeit überdauert zu ha-
ben.

17

Sie lebten in einem niedrigen Haus aus grauem Naturstein. Kletterrosen überrankten den Vorplatz, der mit einem kleinen Giebeldach gegen Wind und Wetter geschützt war.

Es gab kein Namensschild, nur eine Tafel mit dem Namen des Anwesens: The Briar.

»Briar« bedeutete »Heckenrose«, das wusste ich inzwischen, denn ich hatte es in meinem Wörterbuch nachgeschlagen.

Anders war mittlerweile ziemlich bleich und die Haare hingen ihm wieder seitlich über die Ohren. Meine nackten Füße in den Ballerinas brannten. Ich betätigte den Türklopfer aus Messing und hatte einen Augenblick lang den Verdacht, dass mein Bruder sich umwenden und davonlaufen könnte.

»Keine Panik!«, flüsterte ich ihm zu. »Ich bin bei dir ...«

Dann wurde die Tür geöffnet und Kyle stand vor uns. Meine verrückte Hoffnung, er wäre weniger anziehend, als ich es in Erinnerung hatte, erfüllte sich nicht.

Ich durfte mir nichts vormachen. Er gefiel mir – sehr sogar – und vielleicht erriet er es, denn ich sah das Aufblitzen in seinen Augen, ehe ich den Blick abwenden konnte.

Er bewegte sich mit natürlicher Anmut, auch das bemerkte ich, als wir ihm in ein gemütliches, mit Möbeln vollgestelltes Wohnzimmer folgten. Alles war bunt, die Teppiche und Vorhänge, die Bezüge des Sofas und der Polstersessel, auf denen zwei Katzen lagen und schliefen.

Tatsächlich gab es mehr Möbel als freien Platz. Wir schlängelten uns zwischen einem Schrank mit Glasaufsatz, einer Stehlampe und zwei mit Bücherstapeln beladenen Tischen durch und setzten uns auf die Ledercouch vor den Kamin. Anders stellte die Weinflasche zwischen seinen Füßen auf dem Teppich ab.

»Wir sind ziemliche Chaoten, Bron und ich.« Kyle lachte. »Vielleicht hätten wir euch vorwarnen sollen.«

»Meinetwegen braucht keiner aufzuräumen«, erwiderte ich lächelnd, weil Anders hartnäckig schwieg. »Ich hab's gern so bunt und gemütlich.«

Endlich machte auch mein Bruder den Mund auf. »Wo ist Bronwen?« Weil sein Englisch so dürftig war, klang bei ihm alles, was er sagte, hölzern und nicht besonders höflich.

»Sie werkelt noch in der Küche.«

Ich griff nach der Weinflasche und gab sie Kyle. »Es riecht schon so gut! Fisch – hab ich recht?«

»Das war wohl nicht schwer zu erraten.«

Irgendwie waren wir alle drei verlegen. Es beunruhigte mich, dass mir Kyle so gut gefiel, seine braunen Augen, die hohe, gewölbte Stirn und das versteckte Lächeln um den empfindsamen Mund. Er trug ein schwarzes Hemd mit breitem Kragen, das irgendwie altmodisch und verwegen wirkte.

»Wie war's auf deiner Tour?«, fragte ich, während Anders dem Klappern der Töpfe und des Geschirrs in der Küche lauschte.

»Langweilig und anstrengend, genau die Kombination. Lauter Volk, das null Ahnung von der schottischen Geschichte hat und sich eigentlich auch nicht dafür interessiert. Die meisten wollen nur herumkutschiert werden, Whisky kaufen und alberne Storys vom Loch-Ness-Monster hören. Zum Glück gibt's auch Ausnahmen, aber die sind eher selten. Solche Touristen reisen meist auf eigene Faust.«

Eine Tür öffnete sich und Bronwen kam mit einem Tablett voller Teller und Besteck herein. Sie trug eine karierte Schürze. Ihr Gesicht war rosig angehaucht, ihre Haare hochgesteckt. Sofort sprang Anders auf und nahm ihr das Tablett ab. Wir halfen den Tisch auszuziehen und zu decken. Anders trabte hinter Bronwen her in die Küche und stand ihr dort im Weg, während sie den Fisch aus dem Backofen holte.

Kyle entkorkte die Weinflasche und zündete die Kerzen im Leuchter an. Ich holte Gläser aus der Vitrine und stolperte dabei fast über eine der Katzen, die aufgewacht war und es eilig hatte, ebenfalls in die Küche zu kommen.

Es gab »Hairy Tatties«, eine schottische Spezialität aus gesalzenem Kabeljau, gekochten und zerdrückten Kartoffeln und Petersilie, alles mit Sahne im Ofen überbacken. Dazu gab es Eiersoße.

Es schmeckte wirklich gut. Mein Bruder brach in Lobeshymnen aus. Er erinnerte sich sogar daran, dass er irgendwann das Wort »delicious« gelernt hatte.

Kyle hatte die Nachspeise gezaubert, eine Glenfiddich-Schokoladenmousse, die so hieß, weil sie kräftig mit Whisky angereichert war. Whisky und Wein stiegen mir bald zu Kopf und sackten mir in die Beine. Am liebsten hätte ich mich neben der schwarzen Katze im Sessel zusammengerollt.

Zum Glück machte Kyle uns noch Espresso. Wir räumten gemeinsam den Tisch ab und stapelten das Geschirr in der Spüle. Dann setzten wir uns zusammen vor den Kamin und Kyle zündete ein kleines Feuer aus Apfelholzscheiten an, die wunderbar dufteten.

Bronwen saß neben mir auf der Ledercouch, Kyle und Anders auf dem größeren Sofa uns gegenüber. So konnte mein Bruder Bronwen ausgiebig anhimmeln.

Er fragte sie nach ihrer Harfe.

»Die ist oben in meinem Zimmer«, erklärte sie.

»Könntest du uns nicht etwas vorspielen?«

»Nicht heute Abend. Ein andermal vielleicht.« Sie

hatte die Hände in den Schoß gelegt und die Handflächen leicht nach oben gerichtet. Ich sah die Hornhaut auf ihren Fingerkuppen, die wohl vom Harfenspiel kam. »In den Ferien bin ich froh, wenn ich nicht so viel spielen muss.«

Kyle erkundigte sich nach der politischen und wirtschaftlichen Lage in Deutschland. »Ich war einmal als Austauschschüler in den neuen Bundesländern«, erzählte er. »Es gibt dort wohl eine starke rechtsradikale Szene. Ich erinnere mich, dass ich zweimal von jungen Typen angemacht wurde, als sie merkten, dass ich kaum Deutsch konnte.«

Es war eines der Themen, die ich lieber vermieden hätte. »In diesem Teil Deutschlands sind immer noch viele arbeitslos«, erklärte ich. »Die Jugendlichen kommen oft aus schwierigen Familienverhältnissen und haben kaum Zukunftsperspektiven. Ein Teil davon sucht die Schuld daran bei Ausländern oder politisch Andersdenkenden.«

»Wenn es nicht die Juden sind, sind's eben Türken oder Linke oder Menschen mit dunkler Hautfarbe – oder Ausländer ganz allgemein«, stimmte Kyle zu. »In England gibt es das genauso. Aber es ist schon beängstigend, dass manche Menschen überhaupt nichts aus der Geschichte gelernt haben.«

Ich biss mir auf die Unterlippe. »Ja, das stimmt leider. Manchmal schäme ich mich richtig, Deutsche zu sein.«

Bronwen beugte sich vor und sah mich von der Seite an. »Natürlich ist Deutschland ein historisch belastetes Land. Aber du trägst doch keine Verantwortung für das, was vor siebzig Jahren bei euch passiert ist!«

Ich fühlte Kyles Blick auf mir ruhen. Was dachte er?

Anders fügte ungeschickt hinzu: »Es ändert ja auch nichts … ein schlechtes Gewissen zu haben, meine ich.«

»Aber einfach so abschütteln können wir es auch nicht. Es hat etwas mit uns zu tun. Wir sind doch die Enkel und Urenkel der Menschen, die an der Judenverfolgung und am Krieg beteiligt waren. Es wirft einen Schatten auf unser ganzes Volk, den wir wohl nie mehr loswerden …«

Kyles Miene war ernst. »Sicher ist das so, Merle. Aber die Geschichte der Deutschen und das Bild, das man von ihnen in der Welt hat, ist nicht nur mit Hitler und der Nazizeit verknüpft. Ihr seid ein Volk, das großartige Künstler hervorgebracht hat, ein ›Volk der Dichter und Denker‹, so heißt es doch? Deutsche Musik hat mich immer begeistert, sie berührt einen im Innersten. Schumanns Klaviersonaten und die Lieder und Walzer von Brahms – das ist auch eine Seite, die zu euch gehört, dieser Reichtum an Gefühlen. Eure Gedichte, eure schönen alten Volkslieder … die zeigen eine ganz andere Seite eures Wesens!«

Überrascht hörte ich ihm zu. Das hatte ich bisher nie so gesehen.

»Da gibt es ein Lied, das ich immer besonders schön fand«, fuhr er fort. »Vielleicht kennt ihr es? Etwas von einem Mühlrad.« Er summte leise eine Melodie vor sich hin.

Anders und ich sahen uns an. Auf Deutsch sagte ich: »In einem kühlen Grunde … Ja, sicher kennen wir das. Unser Großvater hat es gern gesungen.«

»Dann singt es doch!« Kyle stand rasch auf. »Singt es für uns, bitte! Ich will versuchen, euch auf dem Klavier zu begleiten. Ich würde das Lied so gern mal wieder hören.«

An der Wand zwischen den Fenstern stand ein altmodisches schwarzes Klavier mit zwei Kerzenleuchtern. Kyle zog einen Hocker heran und klappte den Klavierdeckel auf.

»Es ist ziemlich verstimmt«, murmelte er. »Ich hoffe, das stört euch nicht … Kommt ihr herüber? Keine Panik, es muss keine bühnenreife Vorstellung werden!«

»Ich weiß den Text nicht mehr«, meinte Anders zögernd, folgte mir aber quer durchs Zimmer, und wir lehnten uns gegen eine Kommode, während Kyle die ersten Töne anschlug.

Anfangs begannen wir zu hoch und Anders brummte ein paar Oktaven tiefer. Dann versuchte Kyle es in einer tieferen Tonlage. Meine Stimme war dünn vor Befangenheit, aber mit der Zeit wurde

150

sie kräftiger und sicherer. Mein Bruder unterstützte mich mit seiner warmen Baritonstimme, wobei er immer ein bisschen hinter mir herhinkte, weil er sich nur zögernd an den Text erinnerte:

»In einem kühlen Grunde,
da geht ein Mühlenrad.
Mein Liebchen ist verschwunden,
das dort gewohnet hat.

Sie hat mir Treu' versprochen,
gab mir ein' Ring dabei.
Sie hat die Treu' gebrochen,
das Ringlein sprang entzwei.«

Während ich sang, musste ich plötzlich wieder an Jens denken. Einen Ring hatte es nie gegeben, auch kein Treueversprechen; aber er war in mich verliebt gewesen und ich in ihn – und ich hatte geglaubt, es wäre für immer. Dann aber war von heute auf morgen alles vorbei gewesen. Seine Gefühle galten plötzlich einer anderen.

Meine Stimme schwankte, doch das bemerkte wohl nur mein Bruder. Verstohlen legte er seine Hand auf meine, sang etwas lauter und übertönte mich, bis meine Stimme wieder fester war.

Plötzlich war er es, der den Text der letzten Strophe besser in Erinnerung hatte als ich:

»Hör ich das Mühlrad gehen,
ich weiß nicht, was ich will.
Ich möcht am liebsten sterben,
da wär's auf einmal still.«

»Ein trauriges Lied.« Kyle hatte sich mit seinem Klavierhocker zu uns umgedreht. »Zum Weinen schön.«

Hatte er den feuchten Schimmer in meinen Augen bemerkt? Rasch drehte ich den Kopf zur Seite.

»Könnten wir nicht noch etwas Schottisches singen? Ich würde gern ein schottisches Lied lernen«, sagte ich leise.

Da kam Bronwen und stellte sich zu uns. »Danny Boy«, schlug sie vor. »Ihr kennt vielleicht die Melodie, sie ist ziemlich bekannt. Was meinst du, Kyle?«

Er schlug leise ein paar Töne an. Ja, ich hatte die Melodie tatsächlich schon gehört. Bronwen trat hinter ihren Bruder und gemeinsam sangen sie:

»Oh Danny Boy, the pipes, the pipes are calling
from glen to glen and down the mountainside.
The summer's gone and all the roses falling ...«

Ich summte mit.

Hinter uns flackerte das Feuer in einer kleinen Explosion von Funken auf, als ein Windstoß durch den Kamin fuhr. Anders wandte den Blick nicht von Bronwens Profil.

Ich beobachtete, wie sich Kyles Hände über die Tasten bewegten. Seine Finger waren schlank und doch kräftig. Welche Laune des Schicksals hatte uns hierhergeführt und dafür gesorgt, dass sich unsere Wege kreuzten? Das war keine der vielen flüchtigen Bekanntschaften, die man im Leben machte und rasch wieder vergaß, das wusste ich.

Kein Wunder, dass ich das Lied von Danny Boy an diesem Abend lieben lernte. Sie brachten uns den Text bei, alle drei Strophen. Es war die herzergreifende Geschichte eines jungen Soldaten, den die Dudelsäcke zur Schlacht riefen, während seine Liebste zu Hause zurückblieb und sich fragte, ob sie noch am Leben sein würde, wenn er zurückkehrte.

»Es könnte aber auch seine Mutter sein«, meinte Bronwen. »Das kann man auslegen, wie man will.«

Kyle bestand darauf, dass es die Liebste von Danny Boy sei, die davon sang, dass ihr Grab wärmer und süßer wäre, wenn Danny Boy zurückkäme und sacht auf die Erde treten würde, unter der sie lag.

»Als kleiner Junge war ich jedes Mal tief ergriffen, wenn unsere Ma dieses Lied gesungen hat«, meinte er später, als wir wieder vor dem Kamin saßen. »Ich hab mich immer gefragt, ob die arme Lass vielleicht schwer krank war und wusste, dass sie bald sterben muss. Ma hatte eine sehr hübsche Stimme, ähnlich wie deine, Merle.«

Ich wurde rot. Vielleicht sah er es im flackernden

Feuerschein, denn er lächelte. Diesmal war mein Platz neben ihm und Bronwen saß uns mit Anders gegenüber; dafür hatte mein Bruder gesorgt.

Wir tranken Tee. Da der kleine Klapptisch ein Stück von mir entfernt stand, reichte mir Kyle von Zeit zu Zeit meine Tasse. Zweimal berührten sich dabei unsere Fingerspitzen und ich dachte: O nein, zum Teufel, nur das nicht!

Doch es war so; trotz all meiner festen Vorsätze, dass mir so etwas nie wieder passieren sollte. Vorsichtig rückte ich zentimeterweise von Kyle ab, bis ich schließlich in die Ecke des Sofas gequetscht saß. Und ich sagte, ich hätte genug Tee getrunken, ich würde mich sonst die ganze Nacht schlaflos im Bett herumwälzen.

Natürlich redeten wir dann wieder über Ashgrove. Anders versuchte unser Problem mit der defekten Heizung zu schildern und verhedderte sich hoffnungslos in halb fertigen Sätzen. Ich erzählte von den Feindseligkeiten zwischen Daisy Westmacott und dem Verwalter.

Bronwen und Kyle lachten. Dabei fiel mir auf, dass die Augen der Geschwister immer ernst zu bleiben schienen, auch wenn sie lachten oder lächelten.

»Daisy und Mac sind wie Hund und Katze, das ist allgemein bekannt«, erklärte Bronwen. »Es heißt, sie seien einmal ein Liebespaar gewesen, aber dann muss irgendwas Dramatisches passiert sein. Jedenfalls hassen sie sich seitdem.«

154

Ein Liebespaar! Ich dachte an die stämmige Gärtnerin und den poltrigen, mürrischen Verwalter. Das Einzige, was sie gemeinsam hatten, war ihr Hang zu Spukgeschichten. Zumindest hatte ich das geglaubt. Aber offenbar gab es da noch eine andere Verbindung zwischen den beiden.

»Manche Menschen kann man sich nur schwer jung und verliebt vorstellen. Jedenfalls haben weder Daisy noch Mac je geheiratet. Das würde für eine unglückliche Romanze sprechen.« Kyles Finger strichen sacht über das Fell der schwarzen Katze, die sich auf seinem Schoß niedergelassen hatte und wie verrückt schnurrte.

Das Gespräch mit Ms Westmacott fiel mir ein. »Sie glaubt an Feen«, sagte ich unwillkürlich. »Irgendwo in der Nähe von St. Mary's soll es Feenhügel geben.«

Kyle nickte. »Sie ist nicht die Einzige, die an solche Dinge glaubt.«

»Sie meint, Alan Campbell könnte sich zu den Feen geflüchtet haben.«

»Das hat Granny auch manchmal gesagt – erinnerst du dich, Kyle? ›Den haben die Feen zu sich geholt‹, hat sie gemurmelt, wenn das Gespräch auf ihn kam und sie ihren Tee mit Whisky getrunken hatte. ›Er war so schön und tapfer und edel; solche wie ihn lieben sie dort in der Anderswelt …‹«

»Aber das sind doch alles nur … verrückte Geschichten!«, fuhr mein Bruder dazwischen. Seine

Stimme klang unsicher, als wüsste er nicht, ob wir ihn nur auf den Arm nehmen wollten.

Kyle stand auf. Die Katze sprang zu Boden, folgte ihm zum Kamin und blieb schnurrend neben ihm sitzen, während er ein Holzscheit ins Feuer legte. Ich beobachtete seine geschmeidigen Bewegungen, seinen Rücken in dem schwarzen Leinenhemd, während die Funken im Kamin aufstoben. Sie ließen Bronwens Haar aufleuchten. Ihre Farbe erinnerte mich an die roten Türkenbundlilien in Großvaters Garten.

»Verrückt?«, fragte sie träumerisch. »Der Glaube an die Anderswelt ist sehr alt, älter als die christlichen Religionen. Er stammt von unseren keltischen Vorfahren. Ebenso könnte man sagen, dass es verrückt ist, an den Heiligen Geist zu glauben oder an den Teufel oder daran, dass die Mutter von Jesus Christus Jungfrau war und nun im Himmel sitzt, wo Engelscharen auf ihren Posaunen blasen. Da sind mir die unberechenbaren Feen in ihrem Reich unter den Hügeln doch lieber.«

Ich wünschte plötzlich, wir wären allein und ich könnte mit ihr reden, sie fragen, was sie von meinem Traum hielt, der Erscheinung in meinem Zimmer, den Männern auf Ashgroves Treppe, der Wandvertäfelung, die mir im Traum erschienen war, noch ehe ich sie tatsächlich gesehen hatte. Wenn jemand mir helfen konnte, dem Rätsel auf die Spur zu kommen, dann sie, schien mir.

156

Noch bevor ich sie fragen konnte, ob sie sich morgen mit mir treffen wollte, erzählte sie, dass sie und Kyle an die Küste nach Ullapool fahren würden, um eine kranke Cousine zu besuchen.

»Und übermorgen … hättest du Lust, übermorgen mit mir einen Spaziergang zu machen?«, fragte ich rasch.

Keiner schien sich über meinen Vorschlag zu wundern. Bronwen stimmte zu und wir verabredeten uns für Samstag beim Bootshaus am Loch Ash.

Aus irgendeinem Grund war das das Signal zum Aufbruch. Die beiden begleiteten uns noch ein Stück am See entlang. Der Mond erschien und verschwand dann wieder zwischen rauchgrauen und violettblauen Nachtwolken. Sein Bild spiegelte sich im Wasser. Die Wellen plätscherten und schmatzten in den Buchten, Eulen und Käuzchen riefen klagend in den Baumwipfeln, der Wind raunte in den Blättern.

Wir gingen voraus, Kyle und ich. Anders folgte mit Bronwen, denn der Pfad war zu schmal für vier. Einmal stolperte ich über eine Wurzel. Kyle streckte die Hand aus und hielt mich am Ellbogen fest, ließ mich aber rasch wieder los, als er merkte, wie ich zusammenzuckte. Im Mondlicht war sein Profil so scharf umrissen wie die Bergketten jenseits des Loch Ash.

»Der höchste Gipfel dort, das ist der Ben Nevis«, hörte ich Bronwen hinter uns sagen und Kyle fragte:

»Schreibst du mir den Text des Liedes vom Mühlenrad auf?«

Ich nickte. »Wenn du mir dafür den Text von Danny Boy gibst.«

Dann schwiegen wir.

Schweigen während eines nächtlichen Spaziergangs mit einem Menschen, den man noch kaum kennt, aber ausgesprochen spannend findet, ist eine Sache für sich. Es macht verlegen, doch mir fiel nichts ein, was ich hätte sagen können, außer belanglosen Bemerkungen über den Mond im See oder die Schönheit der Cairngorms unter dem Nachthimmel; doch das wäre mir albern erschienen.

Dort, wo die Eschenallee nach Ashgrove führte, verabschiedeten wir uns. Wir gaben uns nicht die Hand, Kyle und ich. Er verbeugte sich stattdessen leicht und ein bisschen ironisch vor mir und sagte: »Gute Nacht und schöne Träume, kleine deutsche Amsel.«

»Amsel?« Im Mondschein waren seine Augen seltsam hell. »Warum nennst du mich so?«

»Wusstest du nicht, was dein Name bedeutet? Merle ist das französische Wort für Amsel.«

Ich kam mir dumm vor, weil ich siebzehn Jahre alt geworden war, ohne die Bedeutung meines Vornamens zu kennen.

Den Rest der Strecke ging Anders neben mir. Er redete kein Wort, sah sich nur immer wieder um, ob-

wohl die beiden schon lange in der Dunkelheit verschwunden waren.

Was für ein gefährlicher Zauber die Liebe doch
sein kann!, dachte ich.

Ashgrove Hall wirkte düster und abweisend unter
seinem Pelz aus Efeublättern. Doch hier und dort
blitzte eines der Fenster auf, wenn ein Mondstrahl
die Scheiben traf. Dann sah es aus, als wandere jemand mit einer Kerze durch die verlassenen Räume
auf der Suche nach etwas längst Verlorenem.

18

Diese Nacht schlief ich tief und ungestört. Ich wusste, dass ich von Kyle geträumt hatte, aber so heftig ich auch grübelte, ich konnte mich nicht mehr an den Inhalt des Traums erinnern.

Anders kam müde, aber mit entschlossenem Blick zum Frühstück. Während ich den Kaffee aufbrühte, verkündete er: »Merle, ich kann an nichts anderes mehr denken als an Bronwen. Du hast es vielleicht schon bemerkt …«

Das hatte ich allerdings.

»Sie ist wunderbar – ich meine nicht nur ihr Äußeres. Alles an ihr, ihre Stimme, ihre Bewegungen …« Er schwieg und starrte den Toaster an, der verbrannte Toastscheiben ausspuckte. »Ich liebe sie!«

Ich erschrak über die Heftigkeit, mit der er das sagte, und wusste nicht recht, was ich erwidern sollte. Anders schien auch keine Antwort zu erwarten.

Nach kurzem Schweigen fügte er hinzu: »Ich muss versuchen, sie für mich zu gewinnen!«

Das klang irgendwie altmodisch und zugleich rührend. Ich trat neben seinen Stuhl und legte die Arme um seinen Hals.

»Sie hat bestimmt tausend Verehrer, die vor ihrer

Tür stehen und mit den Füßen scharren, was meinst du?«

Obwohl mir eigentlich nicht danach zumute war, musste ich lachen. »Ein paar Dutzend könnten es schon sein. Aber irgendwie hab ich das Gefühl, dass es sie nicht besonders interessiert.«

Seine Augen leuchteten auf. Offenbar war ihm nicht bewusst, dass auch er zu der Zahl der Bewerber gehören könnte, die ihr gleichgültig waren. Um ihn abzulenken, fragte ich: »Wie findest du Kyle?«

»Kyle?« Es klang, als müsse er erst überlegen, wer das war. »Oh, er scheint ganz in Ordnung zu sein. Sehr musikalisch …«

Das war es nicht, was ich wissen wollte. »Meinst du, er hat eine Freundin?«

»Anzunehmen. Er sieht ja nicht übel aus und all die alleinreisenden Touristinnen finden ihn bestimmt sehr anziehend.«

Er zerbröselte eine Toastscheibe zwischen den Fingern. Ich begriff, dass vorerst kein vernünftiges Gespräch mit ihm möglich war, und überließ ihn seinen schwärmerischen Gedanken.

»Fahr vorsichtig!«, rief ich ihm noch nach, als er die Küche verließ.

Die Vorstellung, dass er in seinem weggetretenen Zustand hinterm Steuer saß und auf der schmalen, kurvenreichen Straße zwischen dem See und den steilen Berghängen dahinfuhr, gefiel mir nicht.

Dann war ich allein und begann Geschirr zu spülen. Draußen ging der dritte Regenschauer an diesem Morgen nieder. Es wurde so dunkel, dass ich zur Tür ging, um Licht zu machen. Dabei hörte ich Geräusche, die offenbar aus der Eingangshalle kamen. Es war ein Schwirren und Klatschen wie von Flügeln.

Eine Weile lauschte ich. Vielleicht waren Vögel durch eines der Fenster ins Haus gekommen und flatterten auf der Suche nach dem Weg in die Freiheit zwischen den Wänden und unter den Decken hin und her.

Rasch ging ich in den Flur, um nachzusehen. Als ich am Fuß der Treppe stand und zur Galerie hochsah, war da nichts. Die Geräusche waren verstummt.

Womöglich kauerten die Vögel jetzt in irgendeinem dunklen Winkel, starr vor Angst.

Ich zögerte. Dann hörte ich die Geräusche wieder, lauter diesmal. Sie kamen unter der Treppe hervor. Das Schwirren und Flattern, das Klatschen wie von Taubenflügeln aus dem Dämmerlicht des höhlenartigen Raumes machte, dass mein Herz schneller klopfte. Hin- und hergerissen zwischen dem Wunsch, in die Sicherheit und Helligkeit der Küche zurückzukehren, und dem Drang, herauszufinden, was es mit den Geräuschen auf sich hatte, verharrte ich am Fuß der Treppe und umklammerte dabei den Handlauf des Geländers.

Das glatte, polierte Holz fühlte sich unter meinen

Fingern seltsam lebendig an, warm und von einer geschmeidigen Festigkeit, als würde es pulsieren oder leicht vibrieren.

Ich zog die Hand zurück und steckte sie in die Taschen meiner Jeans. Meine Finger prickelten wie von einem leichten elektrischen Schlag.

Das Schwirren und Klatschen hörte auf. Ein leises Wischen und Rascheln und Schleifen folgte, als streife jemand mit dem Saum eines langen Seidenkleides über den Boden.

Mit einem Satz war ich beim Lichtschalter und das spärliche Licht der Deckenlampe flammte auf. Es reichte kaum aus, die untere Hälfte der Treppe zu erhellen. Sofort verstummten die Laute, als wären sie an die Dunkelheit gebunden und würden in der Helligkeit ihre Kraft verlieren.

Schließlich lief ich nach oben und holte die Taschenlampe aus meinem Zimmer. Als ich zurückkam, herrschte noch immer Stille. Ich sah jetzt, dass unter der Treppe eine dicke Staubschicht auf den Dielen lag. Die Abdrücke meiner Schuhsohlen, die ich vor zwei Tagen hinterlassen hatte, waren deutlich zu erkennen.

Ich ließ den Lichtkegel über die Schnitzereien der Wandvertäfelung gleiten. Das Holz dort war von einer stumpfen grauen Schicht überzogen, wahrscheinlich von Feuchtigkeit und Schimmel. Das Gesicht des Ebers wirkte jedoch wie poliert, die Augen glänzten, als wären sie aus Haut und Nerven, mit einem Glaskörper im Innern. Erst als ich ganz nah an die Wand heranging und die Taschenlampe direkt auf den geschnitzten Tierkopf richtete, erkannte ich, dass sie aus grünem Glas waren, mit dunklen Punkten in der Mitte. Sie erinnerten mich an die Murmeln, mit denen ich als Kind gespielt hatte.

Unwillkürlich streckte ich meine freie Hand aus und berührte das linke Auge des Ebers mit den Fingerspitzen. Es fühlte sich kühl und hart an. Meine Finger glitten über den dunklen Fleck der Pupille – da spürte ich eine Bewegung, eine Art Zucken unter der Haut.

Was dann folgte, war ein leichtes Knacken. Das Auge schien unter dem schwachen Druck meiner Fingerkuppe zurückzuweichen. Ungläubig beobachtete ich, wie die Vertäfelung schwankte, sich gleichsam nach hinten schob, weg von meiner ausgestreckten Hand. Es war wie eine Bühnenwand, die von unsichtbaren Bühnenarbeitern hinter die Kulissen geschoben wurde.

Ein Ächzen und Stöhnen erklang, während der Eberkopf seitlich in die Finsternis glitt, zusammen mit den ineinander verschlungenen keltischen Schnitzornamenten und dem eingravierten Spruch: *Ne obliviscaris!*

Vor meinen Augen hatte sich eine schmale, rechteckige Öffnung von der Größe und Höhe einer

Standuhr gebildet. Dahinter gähnte ein schwarzes Loch. Ein Schwall übler, fauliger Luft schlug mir daraus entgegen.

Ich wich zurück und ließ die Taschenlampe fallen. Einen Moment lang dachte ich wie ein erschrockenes Kind, ich hätte etwas Verbotenes getan, vielleicht einen Teil der Vertäfelung zerstört.

»Was hast du bloß wieder angestellt?«, fragte eine anklagende Stimme in meinem Kopf.

Doch langsam, während ich noch in die Öffnung starrte, die schwärzer war als die finsterste Nacht, begann ich zu begreifen. Ich hatte einen alten Mechanismus in Gang gesetzt, ohne es zu ahnen, einen Mechanismus, der vielleicht seit Jahrhunderten nicht mehr benutzt worden war. Ich hatte den Eingang zu einem Schlupfwinkel gefunden, einem Versteck oder einem geheimen Gang.

Ohne das schwarze Loch vor mir aus den Augen zu lassen, ging ich in die Knie und hob die Taschenlampe auf. Meine Hand zitterte, als ich den Lichtkegel kreisen ließ. Er erhellte ein Stück unverputzte Mauer aus schwärzlich-grauen Natursteinen, einen halben Quadratmeter festgestampften Boden; sonst nichts.

Vielleicht wusste außer mir kein Lebender mehr von diesem Ort. Ich war einem Geheimnis auf die Spur gekommen, das sicher streng gehütet worden war. Dieser Gedanke führte fast zwangsläufig zu Alan

Campbell, dem Flüchtling, der hier in Ashgrove Unterschlupf gesucht hatte.

In diesem Augenblick zweifelte ich nicht daran, dass ich das Rätsel seines Verschwindens gelöst hatte.

19

Der Hohlraum hinter der Täfelung war gerade so hoch, dass ein nicht besonders großer Mensch aufrecht darin stehen konnte. Wie ein Trichter verengte er sich und wurde zu einem Gang. Um nicht an die Decke zu stoßen, musste ich den Kopf einziehen. Ich hätte mich darin umdrehen können, dazu war Platz genug. Wenn ich die Arme ausstreckte, konnte ich beide Seitenwände gleichzeitig mit den Händen berühren.

Der Boden war uneben, voller Risse und Löcher und mit höckerartigen Erhebungen. Die Wände fühlten sich eiskalt und feucht an. Im Licht der Taschenlampe wirkten sie grünlich, mit einem Überzug aus glänzenden Schleimpilzen gemustert, behangen mit Spinnweben.

Nur langsam kam ich vorwärts. Je tiefer ich in den Gang vordrang, der in verwirrenden Windungen abwärtsführte, desto dumpfer, fauliger und stickiger wurde die Luft. Und doch wollte, musste ich weiter – ich hätte nicht umkehren können. Nie zuvor hatte ich eine solche Mischung aus Spannung und angstvoller Erregung verspürt. Meine Kopfhaut prickelte, mein ganzer Körper schien zu vibrieren, während ich mich zwischen den rauen Wänden vorwärtstastete und bei jeder Biegung erwartete, etwas zu finden – was, konnte ich nicht sagen.

Etwa zehn Minuten oder eine Viertelstunde lang stolperte ich weiter, ohne auf irgendwelche Spuren zu stoßen. Einmal erfasste der Lichtstrahl meiner Lampe eine Spinne, die gespenstisch weiß und durchscheinend war. Sie bewegte sich, flüchtete vor dem ungewohnten Schein in eine Ritze zwischen den Steinen, und ich dachte: Es gibt Leben hier unten! Wie lang könnte es ein Mensch in dieser Unterwelt aushalten, ohne zu verhungern, zu verdursten oder zu ersticken?

Sicher war der Gang nicht dazu angelegt worden, um sich länger darin aufzuhalten. Er war ein Fluchtweg und musste einen Ausgang haben, irgendwo außerhalb der Mauern von Ashgrove Hall.

In der tiefen Stille – einer Grabesstille – klangen meine eigenen Schritte und das Geräusch meiner mühsamen Atemzüge bedrohlich, so als würde mir jemand heimlich folgen. Manchmal streifte mich ein kalter Hauch wie aus verborgenen Spalten, der mich erschauern ließ.

Plötzlich veränderte sich der Boden, wurde ebener und steinig. Die Wände waren jetzt teilweise aus großen, groben Geröllbrocken geformt. Vermutlich hatte ich das Innere des Hauses hinter mir gelassen und befand mich irgendwo unter der Erde; doch bei all den Krümmungen und Windungen des Gangs hätte ich nicht sagen können, in welche Himmelsrichtung ich mich bewegte.

Die Decke über mir senkte sich tiefer herab. Ich musste gebückt gehen, bekam kaum noch Luft und fühlte mich schwindlig. Mein Mund war ausgetrocknet, ich begann krampfhaft zu husten. Es war Zeit, umzukehren, sonst riskierte ich, dass ich irgendwo bewusstlos liegen blieb.

Schwer atmend lehnte ich mich gegen die Wand. Jetzt erst fiel mir ein, dass ich Anders keine Nachricht hinterlassen hatte. Wenn mir etwas passierte, wie lange würde es dauern, bis er die Wandöffnung unter der Treppe entdeckte?

Nur noch ein Stück, dachte ich. Nur noch um diese letzte Biegung, dann kehre ich um. Was sollte ich auch finden? Falls Alan Campbell sich hier versteckt hatte, falls er in diesem Gang an seinen Verwundungen gestorben war, konnte nach mehr als einem Vierteljahrtausend nichts mehr von ihm übrig sein, weder Knochen noch Kleidungsstücke oder eine Strähne seiner braunen Haare …

Was ich schließlich fand, war ein Geröllhaufen. Eine Wand aus Steinen, Sand und Erde hatte den Gang verschüttet und versperrte mir den Weg. Irgendwo über mir musste das Erdreich nachgegeben haben, sodass die unterirdische Decke eingestürzt war. Wohin der Gang einst auch geführt haben mochte, hier endete er.

Zwischen den Steinen, die auf den Boden gerollt waren, lag ein kleines Bündel. Es sah aus wie ein Tier mit dunklem Pelz, zusammengerollt und leblos. Ich richtete den Strahl der Taschenlampe darauf. Es war ein Stück Stoff.

Ich bückte mich und hob es auf. Ein Teil davon zerfiel, noch während ich es berührte, rieselte wie Flocken von Staub durch meine Finger. Der Rest füllte gerade meine hohle Hand, leicht und zart wie ein Bällchen aus Flaumfedern.

Und seltsam: Während ich es in der Hand hielt, war mir, als mische sich der Geruch von Blut in die fauligen, modrigen Dünste des unterirdischen Raumes. Der Eindruck verflog, während ich mich umdrehte und mich keuchend und nach Atem ringend auf den Rückweg machte.

Wann mochte das Erdreich eingebrochen sein und die Passage versperrt haben? Vor wenigen Jahren erst oder schon vor einem Jahrhundert? War der Gang zu Alan Campbells Zeiten noch unversehrt gewesen? Hatte er ihn als Fluchtweg benutzt, den Ausgang erreicht und sich ins Freie retten können?

Meine Gedanken verwirrten sich. Mein Nacken schmerzte, in meinem Kopf und meinen Ohren begann es zu hämmern und zu dröhnen. Die Wände schienen auf mich zuzukommen, sich um mich zu schließen.

Mehrmals stolperte ich, prallte mit der Schulter

gegen die raue Wand, schürfte mir das Handgelenk auf, ließ die Taschenlampe fallen und musste umkehren und ihr auf allen vieren hinterherkriechen, denn sie rollte den abschüssigen Boden hinunter.

Erst jetzt, auf dem letzten Stück des Weges, quälte mich die Furcht, die Öffnung in der Wand könnte sich durch einen verborgenen Mechanismus von selbst geschlossen haben. In diesem dunklen Reich gefangen zu sein, und sei es auch nur für kurze Zeit, erschien mir so schlimm wie eine mittelalterliche Kerkerhaft.

Wie mochte es ihm damals ergangen sein – falls er sich wirklich hier versteckt hatte? Doch für ihn war es eine Zuflucht gewesen, Schutz vor seinen Feinden, Rettung vor Gefangennahme und Tod.

Hatte Alan Campbell vielleicht einst an genau dieser Stelle gestanden, die ich gerade passierte, an die Mauer gepresst, einsam, verwundet, und hatte den Stimmen seiner Verfolger gelauscht, die die Hall durchsuchten? Hatte er den Atem angehalten und sich wie eine Maus in der Falle gefühlt, voll Angst, sie könnten den geheimen Gang entdecken? Oder war er ungehindert bis zum Ausgang gelangt und hatte irgendwo bei Freunden Unterschlupf gefunden?

Mich verfolgte niemand. Nichts versperrte mir den Weg in die Halle. Die geheime Tür stand noch offen. Unendlich erleichtert stolperte ich über die

Fußleiste, ließ mich auf den Boden sinken, holte tief und stöhnend Atem.

Eine Weile saß ich da wie betäubt. Das Blut rauschte in meinen Ohren. Die Taschenlampe rollte über die Dielenbretter, aber das Bündel aus zerfallenden Fasern hielt ich noch immer wie einen Schatz in meiner Hand.

War ich dem Rätsel auf die Spur gekommen? Vielleicht. Und doch gab es keine Beweise, nur Vermutungen. Ich sah auf meinen Fund nieder. Spinnwebfeines Gewebe, von brüchigen Fäden gehalten, mit einem Flaum feinster Härchen in der Farbe von Schlamm überzogen. Vielleicht war es vor langer Zeit ein Stück Samt gewesen, ein Schal oder ein Umhang.

Ich wagte kaum, es zu berühren, aus Furcht, es könne vollständig zu Staub zerfallen. Es gab Stellen, die steifer und dunkler waren als das übrige Gewebe, Reste von Flecken vielleicht.

Nach einer Weile raffte ich mich auf und stolperte schwankend und matt in die Küche. Dort legte ich das Stoffbündel vorsichtig in eine Schale, setzte Teewasser auf und ließ mich auf einen Stuhl sinken.

Den Kopf in die Hände gestützt saß ich lange mit geschlossenen Augen da, während sich der Aufruhr in meinem Innern langsam legte und mein Herz ruhiger wurde. Der Wasserkessel pfiff und der Wind rüttelte an den Terrassentüren.

Der starke, süße Tee tat mir gut. Dankbar empfand

ich die Wärme und Helligkeit des Raumes, die Luft, die nach Kräutern, Rauch und Asche roch, lauschte auf das beruhigende Geräusch der Regentropfen, die im Rhythmus der Windstöße gegen die Scheiben prasselten.

Ich blieb dort am Tisch sitzen und wartete auf Anders. Einmal dachte ich daran, dass die Tür zum Geheimgang noch offen stand. Ich hatte nicht versucht den Mechanismus zu finden, mit dem sich die Vertäfelung wieder schließen ließ. Doch Mr Mac war erst gestern hier gewesen, bestimmt kam er heute nicht schon wieder nach Ashgrove; und Anders wollte ich den Gang unbedingt zeigen.

Und Kyle und Bronwen … Was würden sie sagen, wenn sie von meiner Entdeckung erfuhren? Mit einem Kompass ließe sich feststellen, in welche Richtung der Geheimgang führte.

Meine Gedanken wurden wirr. Ich war müde wie nach einer langen Bergtour, zu müde, um zu duschen und meine Sachen zu wechseln, obwohl ich voller Schmutz, Staub und Spinnweben war. Feinster Sand knirschte zwischen meinen Zähnen und verklebte meine Nasenlöcher.

Dass ich wie ein Nachtgespenst aussehen musste, wurde mir erst klar, als mein Bruder vor mir stand. Er starrte mich an und fragte, ob ich irgendwo im Kellergewölbe herumgekrochen sei oder mich unter einem der Himmelbetten gewälzt hätte.

»Was hast du bloß gemacht? Deine Haare sind total grau!«

»Das ist nur der Staub«, erwiderte ich. »Du errätst nie im Leben, wo ich war!«

20

Anders trug mir Grüße an Bronwen auf, mehrmals und eindringlich. Und Bronwen hatte Grüße an mich von Kyle mitgebracht, dazu einen Briefumschlag, in dem ein Blatt Papier steckte.

Es war ein Notenblatt. Kyle hatte mit roter Tinte Noten eingezeichnet und den Text von »Danny Boy« dazugeschrieben, alles in einer feinen, leicht nach rechts geneigten Handschrift. Darunter stand zwischen zwei großen Fragezeichen: »Vielleicht können wir mal wieder zusammen singen?«

Wenn mir jemand einen Goldbarren geschenkt hätte, ich hätte mich nicht so sehr darüber gefreut wie über dieses einfache Notenblatt. Ob Bronwen es merkte? Lächelnd nahm sie den Text von Eichendorffs Lied entgegen, den ich für Kyle aufgeschrieben hatte, und steckte den Zettel in ihre Jeanstasche. Sie trug einen brombeerfarbenen Pullover, der gut zu ihren Augen passte. Sicher gab es nicht viele rothaarige Frauen, die diese Farbe tragen konnten.

Sie sagte, sie habe den Pulli selbst gestrickt. Ich starrte auf all die Rauten und Zöpfe, die Knubbelchen und Wabenmuster und konnte kaum glauben, dass sie so etwas zustande brachte.

»Es ist gar nicht so schwierig«, behauptete sie. »Die Motive stammen aus keltischer Zeit und gehören in unsere Familie; sie heißen ›Buchanans Muster‹. Früher hatte fast jeder größere Familienclan in Schottland und Irland seine eigene Zusammenstellung von Strickmustern und natürlich vor allem von Stoffmustern, den Tartans.«

»Ihr seid stolz auf eure Traditionen.«

»Ja. Vielleicht hat es damit zu tun, dass wir Schotten es so schwer hatten, unsere Eigenheit zu bewahren. Nach der Niederlage bei Culloden hat man uns verboten, unsere Tracht zu tragen und unsere Sprache zu sprechen. Das hat Spuren hinterlassen. Inzwischen haben wir uns zwar gut mit den Engländern arrangiert, aber es ist uns sehr wichtig, eigenständig zu bleiben.«

Langsam wanderten wir am Ufer des Loch Ash entlang. Schilfhalme wisperten. Ein Schwan landete mit vorgestreckten Füßen und klatschendem Flügelschlag ziemlich unelegant im Wasser.

Mir fiel das Versprechen ein, das ich Anders gegeben hatte. »Ich soll dich von meinem Bruder grüßen«, sagte ich.

Bronwen nickte. »Ihr habt eine ziemlich enge Bindung, ähnlich wie Kyle und ich.«

»Ja«, erwiderte ich. »Es gibt keinen Menschen, der mir näher steht als er. Unsere Eltern hatten immer wenig Zeit für uns. Anders hat mir in gewisser Weise

Vater und Mutter ersetzt. Ich weiß nicht, ob das immer so gut für ihn war. Aber es gibt keinen liebevolleren und verlässlicheren Menschen als ihn.«

Das war alles, was ich für ihn tun konnte, aber ich war nicht sicher, ob Bronwen mir überhaupt zugehört hatte.

Doch das hatte sie. »Bei uns war es ähnlich«, sagte sie. »Unser Vater hat sich nach Kanada abgesetzt, als ich gerade fünf Jahre alt war und Kyle acht. Unsere Ma hat die Demütigung, verlassen zu werden, nie verwunden. Sie wurde depressiv, stand bald unter dem Einfluss von starken Medikamenten und schaffte es nicht wirklich, sich um uns zu kümmern. Da hat Kyle eben ihre Rolle übernommen – und die unseres Vaters.«

»Was ist aus eurer Mutter geworden?«, fragte ich.

»Sie wird seit ein paar Jahren in einer psychiatrischen Klinik betreut. Wir konnten sie irgendwann keine Minute mehr allein lassen. Sie hat immer wieder versucht, sich das Leben zu nehmen. Dreimal haben wir sie in letzter Sekunde aus dem See gefischt.«

Bronwen verstummte. Ich war erschrocken und wusste nicht, was ich erwidern sollte.

»Manchmal frage ich mich, ob wir das Recht haben, Menschen zum Leben zu zwingen, die eigentlich lieber sterben wollen«, fügte sie hinzu.

Schweigend setzten wir uns auf die steinerne Bank beim alten Bootshaus. Da teilten sich die Wolkengebirge und die Sonne kam hervor. Sie glitzerte auf dem Wasser, brachte Bronwens Haare zum Leuchten und tauchte die Bergketten mit ihren grauen, braunen und smaragdgrünen Hängen in fast überirdisches Licht.

Hinter uns säuselte das Laub der Eschen, die den Pfad nach Ashgrove säumten. Das Geräusch mischte sich mit dem Schmatzen der Wellen am Strand, dem Wispern des Schilfs und Bronwens Stimme, als sie leise sagte: »Aber vielleicht war es ja nicht nur die unglückliche Erfahrung mit unserem Vater, die Ma alle Freude am Leben genommen hat. In manchen Familien gibt es dramatische Ereignisse, die sich vor langer Zeit zugetragen haben. Es heißt, sie leben in den Nachkommen weiter und können noch Generationen später Schicksale beeinflussen.«

Der Gedanke war neu und faszinierend und ließ mich wieder an Ashgroves Geheimnis denken. »Glaubst du daran?«, fragte ich.

Bronwen zögerte. »Ich weiß nicht. Aber … ja, ich halte es für möglich.«

Unvermittelt sagte ich: »Es gibt einen Geheimgang in der Hall!«

Sie wirkte nicht allzu überrascht. »Das behaupten die Leute seit Langem. Sag bloß, du hast ihn gefunden?«

»Stimmt«, erwiderte ich. »Das habe ich.«

Die Knie hochgezogen, die Arme darum verschränkt, hörte sie mir zu, während ich erzählte. Einmal unterbrach sie mich und fragte: »Hast du etwas gefunden?«

»Nur ein Stück Stoff, das fast zu Staub zerfiel, als ich es aufhob. Es lag kurz vor der Stelle, an der der Gang verschüttet ist.«

»Wenn er verschüttet ist, bleibt wohl alles weiterhin ein Rätsel. Wo der Ausgang war und ob der Fluchtweg zu Alan Campbells Zeiten bereits blockiert gewesen ist oder ob er ungehindert ins Freie gelangen konnte.« Sie biss sich auf die Unterlippe und überlegte. »… falls er den Gang kannte, was aber höchstwahrscheinlich der Fall war! Oder er hat sich dort nur versteckt gehalten, bis seine Verfolger wieder aus der Hall verschwunden waren …«

Es waren die gleichen Fragen, die ich mir auch gestellt hatte.

»Ich glaube nicht, dass ein Mensch es dort unten lange aushalten kann«, wandte ich ein. »Es gibt nicht viel Sauerstoff, die Luft ist ekelhaft faulig und modrig; das war sicher schon immer so. Es sei denn, hinter der verschütteten Stelle gab es früher einen Luftschacht oder so was Ähnliches.«

»Das müssen wir uns ansehen, Kyle und ich!« Bronwen beugte sich vor, eifrig und aufgeregt wie ein Kind. Plötzlich hatte ich ein Gefühl von Vertrautheit und Nähe, so als würden wir uns schon lange kennen. »Das heißt, falls es dir recht ist. Wir könnten einen Kompass mitbringen und feststellen, wohin der Gang führt.«

Ich musste lachen. »Da gibt es nichts zu erlauben. Ashgrove gehört mir ebenso wenig wie euch. Wir machen es einfach. Es hat wenig Sinn, Lady Lilibeth zu fragen oder ihr von dem Gang zu erzählen. Ich glaube nicht, dass sie besonders interessiert wäre. Meine Tante sagt, sie will einfach nur in Ruhe gelassen werden.«

»Umso besser.« Bronwen schwieg eine Weile. Dann fügte sie hinzu: »Überhaupt wäre es gut, wenn niemand sonst von dem Geheimgang erfährt. Es gäbe womöglich einen wahnsinnigen Aufruhr. Die Leute würden von überall her angefahren kommen und die Hall stürmen und Reporter würden Sensationsmeldungen in der Regenbogenpresse bringen. Dann hättet ihr hier keine Ruhe mehr …«

Allein die Vorstellung von einer solchen Invasion jagte mir einen kalten Schauder über den Rücken.

»Das würde uns Lady Lilibeth nie verzeihen! Tante Thisbe hat ihr versprechen müssen, dass Ashgrove bei uns in guten Händen ist. Wenn wir schuld daran wären, dass hier ein Volksauflauf stattfindet … Nein, außer dir und Kyle darf keiner davon erfahren.«

Wir sahen uns an wie zwei Verschwörerinnen.

»Kein Wort zu niemandem!«, bestätigte Bronwen mit einer Mischung aus Lachen und Ernst. »Aber wie bist du eigentlich auf die Idee gekommen, un-

180

ter der Treppe nachzusehen? Und was hat dich dazu gebracht, ausgerechnet auf das Auge des Ebers zu drücken? Bestimmt haben schon Generationen von Campbells nach einer Geheimtür gesucht. Und du kommst und findest sie, obwohl du noch nicht einmal zwei Wochen hier bist.«

Ich fragte mich, ob sie mir glauben würde, wenn ich ihr erzählte, wie es gewesen war. Einen Versuch war es wert. Ich wartete ja schon seit Tagen darauf, mein Geheimnis mit ihr zu teilen.

Der Wind war kühl geworden oder vielleicht empfand ich es auch nur so. Ich steckte die Hände in die Taschen meiner Jeans, um sie zu wärmen.

»Das ist eine seltsame Geschichte. Seltsam und unheimlich und … unbegreiflich. Ich habe vorher nie solche Sachen erlebt oder für möglich gehalten oder mir irgendwelches schräge Zeug eingebildet, glaub mir!«, begann ich umständlich.

Schweigend wartete sie. Mit ihrem roten Haar, das ihr der Hochlandwind ums Gesicht wehte, sah sie mehr denn je wie eine schöne und geheimnisvolle Hexe aus. In den alten Märchen werden Hexen immer als hässlich geschildert, doch in meiner Vorstellung waren sie verführerische und weise Frauen, die Zaubersprüche kannten und sowohl Gutes als auch Böses bewirken konnten.

»Ich habe es geträumt«, sagte ich. »Ich hatte allerhand wunderliche Träume in Ashgrove. Obwohl ich nicht weiß, ob es wirklich Träume waren – nicht von der üblichen Art jedenfalls … Im Traum habe ich sie gesehen – diese Gestalt – *ihn*.«

Ich stolperte über jedes Wort, als würde ich lügen, so schwer fiel es mir, etwas zu schildern, was es eigentlich nicht geben konnte, und so sehr wünschte ich mir, dass sie mir glaubte.

»Keine normale Gestalt, Bronwen – eher so etwas wie eine Rauchsäule, die menschliche Umrisse annahm, aber total verschwommen war. Doch ich wusste … Ich wusste, da war jemand, da war *er*, und er versuchte sich mit mir zu verständigen – nicht mit Worten, sondern mit Gedanken, verstehst du?«

Während ich redete, kam es mir vor, als würde das Laub der Eschen lauter rascheln als zuvor. Auch Bronwen schien es zu bemerken, denn sie hatte den Kopf gehoben. Ich schwieg und wir lauschten, bis wir merkten, dass es eine Windbö war. Sie fegte von Ashgrove herüber durch die Allee und machte, dass sich die Schilfhalme bogen und die Wasseroberfläche des Sees stärker kräuselte.

Eine Weile blieben wir stumm. Dann fragte sie im Flüsterton: »Und wusstest du … Weißt du, wer er war? Hat er es dir gesagt?«

Ich schüttelte den Kopf und versuchte herauszuhören, ob ihre Stimme spöttisch klang, aber so war es nicht. »Du glaubst mir also?«, fragte ich ebenso leise zurück.

182

»Warum solltest du dir so etwas ausdenken? Und … ja, es würde mich nicht wundern, wenn es in der Hall Wiedergänger gäbe. Besonders einen …«

Unsere Blicke trafen sich. »Du denkst auch an Alan Campbell? Vielleicht findet er keine Ruhe. Es könnte mit seinem Ende zu tun haben, damit, wie er gestorben ist.«

Bronwen nickte. »Wenn er keine Ruhe findet, dann wäre er eine bemitleidenswerte Seele, die vielleicht Hilfe sucht.«

Hilfe – ausgerechnet bei mir? Mir war plötzlich so kalt, dass ich zu zittern begann. Ich grübelte darüber nach, bis mir ein anderer Gedanke kam.

»Die Gestalt – er – wollte jedenfalls, dass ich die Tür zum Geheimgang finde. Im Traum hat er mir den Platz unter der Treppe gezeigt, wo ich suchen sollte. Anders kann es nicht sein.« Ich stockte. »Aber da war noch etwas. Ich habe etwas gesehen, was mich mehr erschreckt hat als alles, was ich vorher je erlebt habe.«

»Du frierst«, sagte Bronwen sanft. Sie nahm meine Hände und wärmte sie zwischen ihren Händen. »Komm, lass uns nach Briars gehen und eine Tasse Tee zusammen trinken.«

Der Wind hatte sich gelegt, doch Schichten von schwärzlichen und violett umstrahlten Wolken schoben sich vor die Sonne. Wir drehten dem See den Rücken zu und gingen nebeneinander her, hastig und schweigend. Jede von uns hing ihren Gedanken nach.

Insgeheim, ohne es mir einzugestehen, hoffte ich, Kyle würde in The Briars sein, doch das Haus war leer bis auf Garfield und Iseult, die Katzen. Rasch und geschickt machte Bronwen Feuer im offenen Kamin. Ich setzte mich fröstelnd davor, während sie Tee kochte und Geschirr und Ingwerkekse auf einem Tablett ins Wohnzimmer brachte.

Noch hatte ich ihr kein Wort von den Männern auf der Treppe erzählt. Obwohl sie mich offenbar nicht wahrgenommen hatten, war doch eine ungeheure Bedrohung von ihnen ausgegangen. Das versuchte ich Bronwen zu erklären, als ich ihr auch den letzten Teil meines Traumes schilderte.

»Ich glaube nicht, dass sie mich sehen konnten«, sagte ich. »Sie waren in einer … na ja, in einer anderen Zeit, denke ich.« Anders ließ es sich nicht ausdrücken. »Aber eine grauenvolle Gefahr ging von ihnen aus. Ich konnte vor Angst kaum atmen. Die Gefahr galt nicht mir, da bin ich sicher. Trotzdem konnte ich sie spüren wie ein Tier, das von einer Hundemeute gehetzt wird.«

Während ich redete, hatte Bronwen ihre Teetasse abgesetzt. Sie klirrte leise auf dem Unterteller. »Sie trugen rote Jacken, sagst du. Und Waffen. Flinten und Degen?«

»Ich glaube, es waren Degen, diese schmalen,

schwertähnlichen Klingen mit den verzierten Griffen.«

Sie blieb stumm. Erst nach einer Weile murmelte sie: »Es müssen Rotröcke gewesen sein. So wurden die englischen Regierungstruppen bei uns genannt. Sie verfolgten Prince Charlie, als er nach der Niederlage bei Culloden durch die Highlands floh. Ihn und natürlich seine Begleiter und alle, die ihm auf der Flucht halfen.«

»Auch Alan Campbell.« Ich sagte es leise und der Name hing wehmütig und geheimnisumwittert in dem niedrigen Raum mit den geschwärzten Deckenbalken. Da war mir, als würden die Wände lauschen, das ganze Haus, so als hätte ich einen Zauberspruch aufgesagt, der verborgene Augen und Ohren für einen kurzen Moment aus langem Schlaf weckte. Die Katzen hoben ihre Köpfe und sahen mich mit ihren goldenen Augen an.

»Dieses Haus ist wohl sehr alt?«, fragte ich unwillkürlich, während die Holzscheite im Kamin barsten und knackend zu glühenden Stücken zerfielen.

Bronwen warf mir einen nachdenklichen Blick zu. Vielleicht wunderte sie sich darüber, dass ich so plötzlich das Thema wechselte.

»O ja«, sagte sie. »Älter als die Hall. Es stammt aus der frühen Tudorzeit und war immer im Besitz unserer Familie. Aber Merle … Könnte es sein, dass du übersinnliche Fähigkeiten hast? Dieser Traum, die

185

Gestalt in deinem Schlafzimmer … Wie erklärst du dir das?«

Ich erwiderte, ich wisse es nicht. »Ich hab so ein Gefühl, dass ich aus irgendeinem Grund ausgesucht worden bin. Keine Ahnung, wieso. Aber eigentlich möchte ich nichts mit solchen Dingen zu tun haben. Es macht mir Angst.«

Bronwen schnitt eine Grimasse. »Wir werden nicht gefragt, ob wir auf bestimmte Fähigkeiten Wert legen oder nicht. Sie werden uns einfach mitgegeben, so wie manche Menschen mathematische Genies sind oder Wunderkinder. Denk an Mozart und Einstein.«

Ich musste lachen. »Ein Wunderkind bin ich bestimmt nie gewesen! Ich bin absolut durchschnittlich, glaub mir, und …«

Sie unterbrach mich. »Wieso sprichst du dann so fantastisch gut Englisch? Es ist, als hättest du schon Jahre deines Lebens in England verbracht. Ich fand das von Anfang an sehr ungewöhnlich und Kyle ebenfalls.«

Sie waren nicht die Ersten, die sich darüber wunderten. Ich hatte selbst keine Erklärung dafür.

»Ihr seid sehr verschieden, du und dein Bruder«, fügte sie hinzu. »Hat er auch irgendwelche … Wahrnehmungen in der Hall gehabt?«

Ich schüttelte den Kopf. »Anders hält das alles für verdrehtes Zeug. Ich rede auch nicht mehr mit ihm darüber. Wahrscheinlich denkt er, ich bilde mir allerhand Schwachsinn ein, weil meine Fantasie durch das alte Haus überreizt ist.«

»Aber er hat doch den Geheimgang gesehen?«

»Er hat sogar den Mechanismus gefunden, um die Öffnung wieder zu schließen. Aber er meint, es sei purer Zufall, dass ich auf ihn gestoßen bin.«

Gedankenverloren kraulte sie Garfields Ohren. »So was ist ja auch schwer zu glauben. Manche Menschen finden lieber die unmöglichsten Erklärungen, nur um nichts an sich heranzulassen, was sich mit unserem begrenzten Verstand nicht begreifen lässt.«

»Und Kyle … Wie denkt er über solche Dinge?«

»Ehrlich gesagt weiß ich das nicht so genau. Ist es dir recht, wenn ich ihm nicht nur von dem Geheimgang erzähle, sondern auch alles andere? Oder willst du es ihm selbst sagen?«

Ich starrte in meine leere Tasse. »Hm. Würde er nicht glauben, ich wäre reichlich überspannt?« Warum war es mir nur so wichtig, dass Bronwens Bruder eine gute Meinung von mir hatte? »Vielleicht kann ich es ihm ja irgendwann selbst erzählen. Sag ihm bitte nur, dass ich den Geheimgang gefunden habe.«

»Er wird nicht besonders überrascht sein. Kyle war immer davon überzeugt, dass es in Ashgrove so etwas wie ein Priesterversteck geben muss. Und für ihn ist es kein Zufall, dass ihr beide nach Ashgrove gekommen seid.«

Das musste ich erst einmal verarbeiten. Kein Zufall? Was meinte er damit? Dachte er, das Schicksal hätte uns hierhergeführt, damit einer von uns beiden das Rätsel um Alan Campbells Verschwinden löste?

Verwirrt stellte ich die Tasse ab und stand auf. »Danke für den Tee. Ich muss jetzt gehen.«

Bronwen versuchte nicht, mich aufzuhalten. Schweigend begleitete sie mich zur Tür. Ich war so in Gedanken versunken, dass ich mich kaum zurechtfand, obwohl ich den Weg ja schon mehrmals gegangen war. Es gab eine Kreuzung, die mir fremd vorkam und vor der ich eine Weile ratlos stand. Die Büsche und Bäume waren dichter und undurchdringlicher geworden und verstellten mir den Weg. Jedenfalls kam es mir so vor.

Schließlich folgte ich dem Geruch des Wassers und erreichte das Seeufer und die Eschenallee, ohne mich zu verirren. Und als ich zur Parkmauer kam, stand Rob Roy, der Hund des Verwalters, hinter dem Gittertor und begrüßte mich wie einen lang ersehnten alten Freund.

21

In dieser Nacht erwachte ich einmal von schweren, feierlichen Glockenklängen.

Sturmwarnung … Vielleicht kündigte das Geläut ja einen Sturm an? Vielleicht bedeutete es, dass sich alle, die noch unterwegs waren, schleunigst einen Unterschlupf suchen sollten, dass man Türen und Fenster verrammeln sollte und sich auf Stromausfälle und umstürzende Bäume gefasst machen musste?

Ich lauschte in die Dunkelheit, doch der Wind frischte nicht auf. Sanft und einschläfernd säuselte er in den Bäumen des Parks. Ich dachte an das Lied von Danny Boy und summte es vor mich hin wie ein Wiegenlied. Dabei schlief ich ein und erwachte erst am Morgen wieder.

Die ersten Sonnenstrahlen zauberten regenbogenfarbene Sprenkel in die Fensterscheiben, und als ich ans Fenster trat, war der Himmel blank gefegt und milchig blau, als würde der schönste aller Tage heraufdämmern. Doch inzwischen wusste ich, wie trügerisch diese wunderbaren Morgenstimmungen waren. Schon mittags konnten sich Wolkengebirge über den Cairngorms auftürmen, den Himmel verdunkeln und das Land mit Regenschauern überziehen.

Gegen zehn rief Bronwen an und fragte, ob sie und Kyle nachmittags vorbeikommen könnten, um sich den Geheimgang anzusehen.

»Aber macht keine Umstände«, sagte sie. »Es reicht, wenn ihr eine Tasse Tee für uns kocht. Ich backe Brownies und bringe sie mit. Geht's dir heute wieder besser?«

»Ja, sicher. Vergesst den Kompass nicht. Und eine starke Taschenlampe!«

»Liegt alles schon bereit. Bis später dann, so gegen drei.«

Ich ging zum See, um eine Runde zu schwimmen. Das Wasser war herrlich klar, aber so kalt, dass mir die Luft wegblieb und meine Haut prickelte. Mittags schlug tatsächlich das Wetter um. Innerhalb einer Viertelstunde verdunkelte sich der Himmel. Gerade noch rechtzeitig räumte ich meinen Platz auf der Terrasse, wo ich mit feuchten Haaren gesessen hatte, das Buch über die Jakobitischen Aufstände auf den Knien, bevor ein Windstoß kam und Regenschauer vor sich her durch den Park trieb.

Eine verirrte Krähe landete auf dem Dach des Pavillons. Ich stand an der Küchentür, sah hinaus und beschloss, dass ich vorläufig nichts mehr von blutigen Schlachten, Verrat, Intrigen und vernichtenden Niederlagen lesen wollte. In der Bibliothek gab es sicher auch angenehmeres Lesefutter.

Der Raum war ziemlich dunkel, aber anheimelnd,

mit den Wänden voller Bücher und dem Geruch nach Leder und Pfeifenrauch.

Ich knipste die Stehlampe und die Schreibtischlampe an. Ein Lichtstreifen fiel auf Alan Campbells Porträt über dem Kamin, sein empfindsames Gesicht und den Umhang mit dem Tartan-Muster des Campbell-Clans. Wie lebendig seine braunen Augen wirkten! Sie schienen mich zu beobachten und mir überallhin zu folgen.

Ich ging an den Regalwänden entlang und blätterte in einigen alten Kinderbüchern. Die Bilder von Elfenköniginnen und knollennasigen Trollen, von Mäusen in Reifröcken und Fröschen in Frack und Zylinder waren bezaubernd. Damals ahnte ich noch nicht, wie kostbar diese Bücher waren und dass Sammler für eine der Originalausgaben von Arthur Rackham oder Beatrix Potter sicher ein Vermögen bezahlt hätten.

Vielleicht war Lady Lilibeth ein Jane-Austen-Fan, denn eine ganze Reihe neuerer Ausgaben ihrer Romane stand auf einem Regalbrett. Das war genau die Lektüre, die hierherpasste, in dieses Haus mit seinen Möbeln und Bildern aus vergangenen Zeiten, dem Garten mit den verwilderten Laubengängen und bröckelnden Steinfiguren.

Ich griff nach dem Roman »Emma«. Jemand hatte den Einband in steifes Papier mit Blumenmuster eingeschlagen, um ihn zu schützen. Ein Lesezeichen steckte zwischen den Seiten. Es flatterte zu Boden, als ich das Buch aufschlug.

Als ich mich bückte, um es aufzuheben, fiel mein Blick auf das unterste Regalbrett des Glasschranks. Es war gefüllt mit mehreren schmalen kleinen Bänden mit brüchigen Lederrücken, die keine Aufschrift trugen. Waren es Tagebücher? Wenn ja, dann gingen sie mich nichts an. Ich hatte kein Recht, darin zu lesen, auch wenn die Frau oder der Mann, denen sie gehört hatten, sicher längst nicht mehr am Leben war.

Schuldbewusst zog ich eines der Bändchen heraus. Der Buchdeckel war gewellt und voll brauner Flecken. Vielleicht hatte das Büchlein irgendwann in der Feuchtigkeit gelegen. Auch die ersten Seiten waren fleckig – und unbeschriftet. Auf der dritten Seite standen nur vier Ziffern, vermutlich eine Jahreszahl: 1745.

Die Ziffern waren verblasst, die Zahl eins nur ein gerader Strich, gekrönt von einem Punkt, ähnlich wie ein »i«.

Ich blätterte weiter.

Auf der folgenden Seite standen ein paar kurze Zeilen in einer wie gestochen wirkenden Schrift mit verschnörkelten Anfangsbuchstaben und schwungvollen Querstrichen und Bögen. Das Blatt war mit einem Schauer kleiner Kleckse verziert, als hätte sich die Feder des Schreibers gesträubt und Tinte verspritzt. Sicher waren die Zeilen noch mit Feder und Tinte geschrieben worden.

Ich gab mir Mühe, die Wörter zu entziffern. Die Sprache war Englisch, aber ein längst veraltetes Englisch. Die Zeilen erinnerten mich an ein Sonett von Shakespeare in seiner ursprünglichen Fassung, das wir im Englischunterricht gelesen hatten.

Die übrigen Seiten waren leer, abgesehen von jeder Menge Stockflecken. Tatsächlich enthielt das Bändchen nur die Jahreszahl 1745 und die sieben kurzen Zeilen.

Zusammen mit »Emma« trug ich es zum Schreibtisch, setzte mich auf den Stuhl mit der harten, geschnitzten Lehne und drehte den Schirm der Lampe so, dass das Licht der Glühbirne auf den handgeschriebenen Text fiel.

Es war offenbar ein Gedicht und es hatte eine Widmung. Über den sieben Zeilen stand in verblasster Schrift: *To Mary.*

Der Text erschien mir anfangs wie ein Buchstabenrätsel, wie eine verschlüsselte Botschaft. Ich las ihn wieder und wieder, bis ich nach und nach immer mehr davon zu verstehen glaubte und Ähnlichkeiten mit Wörtern entdeckte, die ich kannte.

Mit einem Zettel vom Schreibblock und einem stumpfen Bleistift übertrug ich in der folgenden Stunde das kurze Gedicht Wort für Wort und Zeile für Zeile in modernes Englisch.

Es war ein Liebesgedicht:

Like a sleeper
Half dreaming
I slumbered my time.
All wonders were hidden from view.
Now wakened, alive,
I'm breathless, entranced
By the beauty I see in you. *

Die Zeilen rührten mich. Sie atmeten den Hauch
einer Liebe zwischen zwei Menschen, die längst tot
waren und deren Schicksal ich nicht kannte. Waren
sie zusammengekommen? Hatten sie geheiratet, Kinder gezeugt, sich bis zum Ende geliebt oder waren sie
einander irgendwann überdrüssig geworden?

Unvermittelt glaubte ich eine Gegenwart im Raum
zu spüren. In meinem Rücken begann es zu kribbeln,
als stünde jemand hinter mir und würde mir über die
Schulter schauen.

Vorsichtig wandte ich den Kopf und sah mich
um. Da war niemand. Doch als ich die Augen hob,
begegnete mein Blick den braunen Augen Alan
Campbells. Er schien mich zu beobachten, mit ein-
dringlichem Blick, in dem eine Frage oder Auffor-
derung stand. Der Gedanke kam mir, dass das Gedicht von ihm stammen könnte. Die Zeit stimmte.
Und so, wie er aussah, hatten ihm vermutlich alle

Frauen und Mädchen in weitem Umkreis zu Füßen gelegen.

Ich stand auf und schob den Stuhl zurück. Dann tat ich etwas, was ich mir selbst nicht erklären konnte: Mit dem kleinen, in Leder gebundenen Buch trat ich vor den offenen Kamin und las das Gedicht laut, als könne ich die Gestalt auf der Leinwand damit zum Leben erwecken.

Natürlich geschah nichts. Doch als ich geendet hatte und zu dem schmalen, edlen Gesicht aufsah, wusste ich mit einem Mal, an wen es mich erinnerte.

Wie ein Schläfer,
Halb träumend,
Verschlief ich meine Zeit.
Verborgen waren mir alle Wunder.
Jetzt bin ich erwacht,
Atemlos, gebannt,
Vom Anblick deiner Schönheit.

22

Sie waren grünlich-bleich und schmutzig, als sie wieder in der Wandöffnung auftauchten – hustend, mit Staub und Spinnweben in den Haaren und enttäuschten Mienen.

»Wenn wir nur wüssten, was sich hinter der verschütteten Passage verbirgt!«, murmelte Bronwen heiser. »Sicher war der Gang zu Alan Campbells Zeiten noch frei … Jetzt könnte ich einen starken Tee mit Whisky vertragen …«

Ich sah Kyle an. Es stimmte, ich hatte mich nicht getäuscht.

Er erwiderte meinen Blick, doch meine Gedanken konnte er nicht erraten.

»Immerhin wissen wir jetzt, in welche Richtung der Gang führt. Erst ein Stück nach Süden; dann biegt er nach Westen ab. Die verschüttete Stelle müsste unter dem alten Friedhof von St. Mary's liegen. Irgendwann haben die Totengräber vielleicht zu tief gegraben und die Decke des Geheimgangs beschädigt, sodass ein paar Gräber unter dem Druck der Särge eingebrochen sind.«

»Müsste man dann nicht von oben irgendetwas sehen?«, überlegte ich. »Falls das Erdreich an einer Stelle nachgegeben hat, wäre sicher eine größere Mulde entstanden oder ein Loch.«

»Der ganze Friedhof ist eine Kraterlandschaft aus Löchern, weil der Boden total von Kaninchengängen durchzogen ist. Habt ihr das nicht gesehen? Oder wart ihr noch nicht dort?«, fragte Kyle.

»Ich war da«, sagte ich. »Trotzdem – es müsste ein Loch entstanden sein, das viel größer ist als von einem Kaninchenbau. Falls es nicht irgendwann im Lauf der Zeit wieder aufgefüllt wurde.«

Auf dem Weg zur Küche bekam Anders einen seiner Niesanfälle. Dabei hatte er sich strikt geweigert, den Geheimgang zu betreten, um keinen »Allergieschock« zu bekommen, wie er es nannte.

Vor aufgeregter Verliebtheit goss er einen gewaltigen Schuss Whisky in Bronwens Teetasse, während ich mich in einen hochlehnigen Sessel am Fenster zurückzog. Allerdings hoffte ich vergebens, Kyle von dort aus ungestört mustern zu können.

Mehrmals fing er meinen Blick auf und meinte irgendwann: »Ich sehe mit dem verdreckten Gesicht und den staubigen Haaren wohl aus wie ein Zombie?«

Ich schüttelte nur den Kopf.

»Bist du ganz allein durch den Gang gekrochen?«, fragte er mich, als ich nichts weiter sagte.

»Mhm. Es war verdammt unangenehm. Irgendwann dachte ich, ich würde ersticken. Aber euch ist es sicher genauso ergangen.«

Zum ersten Mal an diesem Nachmittag lächelte er. »Wir waren zu zweit. Das macht vieles einfacher. Jedenfalls bist du eine mutige Lass.«

»Bin ich nicht!«, wehrte ich ab. »Nur neugierig. Da fällt mir ein, dass ich euch etwas zeigen wollte, was ich im Gang gefunden habe.«

Ich lief zum Schrank und nahm die Schale, in die ich meinen Fund gelegt hatte, vom Regalbrett. Kyle war mir nachgekommen und sah mir über die Schulter. Die Schale war mit einem Häufchen dunkelgrauer Staubflocken gefüllt, die sich unter unseren Atemzügen zitternd bewegten.

Überrascht murmelte ich: »Es ... es hat sich aufgelöst! Es war ein Stück Stoff, jedenfalls der Rest davon, vielleicht ein Schal aus Samt. Bis gestern konnte man noch die Härchen und Gewebefasern erkennen.«

Jetzt hatten sich alle um mich versammelt.

»Man hätte es luftdicht verpacken müssen, vielleicht in einer Plastiktüte«, meinte Kyle und Bronwen fragte: »Wie lange dauert es wohl, bis ein menschlicher Körper zu Staub und Asche zerfällt, was meint ihr?«

Wieder fiel mir auf, wie sachlich sie über Dinge redete, die anderen Menschen einen Schauder über den Rücken jagten.

Kyle erwiderte, das käme vor allem auf die äußeren Umstände an. »In fast luftdicht abgeschlossenen Räumen ist der Verfall stark verlangsamt. Man hat schon Skelette gefunden, die nach Jahrtausenden noch gut erhalten waren, mit Haut, Knochen, Haaren und Zähnen.«

»Wie Ötzi«, warf mein Bruder ein.

»Der hat im Eis gelegen.« Bronwen nickte. »Das konserviert natürlich hervorragend. Aber gesetzt den Fall, im verschütteten Teil des Geheimgangs gab es wirklich über lange Zeit keinerlei Luftzufuhr. Dann könnte es sein, dass Alan Campbell noch dort unten liegt – jedenfalls das, was von ihm übrig ist.«

»Wenn er nicht bis zum Ausgang kam und fliehen konnte«, erwiderte ich. »Falls er schwer verwundet war, hat er es wahrscheinlich nicht geschafft. Aber dieser Ausgang … wo könnte er sein? Wenn wir ihn finden würden, könnten wir von dort aus vielleicht in den restlichen Teil des Geheimgangs gelangen!«

Bronwen und Kyle nickten gleichzeitig. »Ich fürchte nur, dass der Ausgang irgendwo unter den Ruinen von St. Mary's liegt«, sagte Kyle. »Die Kirche war ja schon zu Alans Zeiten eine Ruine und im Laufe der Jahrzehnte sind immer mehr Mauern eingestürzt. Es kann durchaus eine unterirdische Verbindung nach Ashgrove gegeben haben, aber sie ist vermutlich unter Geröll und Schutt begraben.«

»Was hindert uns daran, danach zu suchen?« Bronwens Augen blitzten abenteuerlustig.

»Das ist zu gefährlich, Bron. Wir müssten versuchen, in die Krypta und das Gewölbe unter dem Kirchenschiff zu kommen, und das wäre sicher leicht-sinnig. Bestimmt ist alles total einsturzgefährdet. Wir können nicht einfach so unter den Ruinen herum-kriechen wie die fünf Freunde in den Geschichten von Enid Blyton.«

Bronwen seufzte. »Manchmal nervst du mich wirklich mit deiner langweiligen Vernunft!«

»Einer von uns muss schließlich einen klaren Kopf behalten. Erinnerst du dich, wie du beinahe ertrun-ken wärst, weil du unbedingt versuchen wolltest übers Wasser zu gehen?«

Bronwen schnitt eine Grimasse. »Ach, die alte Ge-schichte! Ich war doch erst fünf und dachte, wenn ich nur fest genug daran glaube, müsste es klappen, weil es doch in der Bibel steht und weil es Wasservögel gibt, die das können!«

»Ja, und obwohl ich dich gewarnt hatte, dass ein gewöhnlicher Mensch so was nicht kann, hast du dich heimlich zum See geschlichen und es probiert. Zum Glück bin ich dir gefolgt und hab dich raus-gezogen, denn du konntest noch nicht mal richtig schwimmen.«

Die beiden lachten. Während ich sie ansah, merk-te ich, dass ich sie unheimlich gern mochte, vor al-lem … Nein, das wollte ich nicht, ich hatte mir ge-schworen, dass ich nie wieder … Ich schluckte, wandte den Blick ab und spürte dabei, wie mir das Blut ins Gesicht stieg.

Wenn ich jetzt rot wurde, sollte Kyle es nicht sehen; keiner sollte es sehen! Rasch ging ich zum Fenster. Kyle folgte mir und trat neben mich. Ich mochte seinen Geruch nach Moor, Holzasche und Kräutern. Der modrige, faulige Hauch des Geheimgangs haftete nur noch leicht an seinen Kleidern.

Ohne ihn anzusehen, sagte ich: »Es hat aufgehört zu regnen. Wie wär's, wenn wir zum Friedhof und zur Kirche gehen würden?«

»Das wollte ich auch vorschlagen. Könnten wir uns vorher noch Gesicht und Hände waschen?«

Prompt fing Anders an, über die defekte Heizung zu lamentieren, aber Bronwen meinte, kaltes Wasser und ein Stück Seife täten es auch, mehr bräuchten sie nicht.

Draußen empfing uns ein kühler Wind. Ich lief ins Haus zurück und zog eines der Tweedjacketts über, die in einer Ecke hingen zusammen mit Hüten und Regenmänteln und einem Ständer voller Schirme und Golfschläger. Wir hatten nicht genug warme Sachen von zu Hause mitgebracht. Ich hoffte, dass Lady Lilibeth es mir verzieh, wenn ich mir ab und zu das alte Jackett auslieh, das mir zu groß war und Lederbesätze an den Ellbogen hatte.

Anders und Bronwen waren vorausgegangen. Kyle aber wartete an der Terrassentür auf mich.

»Du siehst aus wie eine englische Lady«, sagte er lächelnd, und ich war nicht sicher, ob er es als Kompliment meinte. Er hob die Hände, stellte den Kragen meiner Jacke hoch und krempelte meine Ärmel auf, die mir bis über die Fingerspitzen hingen.

Wieder stieg mir die Röte ins Gesicht. Warum machte mich seine Nähe nur so verlegen und unsicher? Unwillkürlich trat ich einen Schritt zurück. Natürlich merkte er es, denn er ließ die Hände sinken und sah mich prüfend an.

Rasch gingen wir nebeneinander den Gartenpfad entlang, hinter Anders und Bronwen her, die schon durch den Eibenbogen verschwunden waren. Kyle hatte die Hände in den Taschen seiner Jacke versenkt. Sie sah der meinen ziemlich ähnlich.

»Was ist es, was du mir die ganze Zeit sagen willst?«, fragte er unvermittelt. »Jetzt, wo wir allein sind, kannst du es mir doch vielleicht verraten?«

Er hatte es also gemerkt. Ich suchte nach den richtigen Worten. »Vielleicht täusche ich mich. Es kann sein, dass ich es mir nur einbilde … aber es ist mir gleich zu Anfang aufgefallen. Ich wusste nur nicht …« Ich stockte und schwieg.

Kyle wartete.

»Eigentlich kann es nicht sein. Und doch …«

»Sag es einfach, Merle!«

Ich gab mir einen Ruck. »Das Bild in der Bibliothek – Alan Campbells Porträt.«

Wieder waren wir stehen geblieben. Der Wind zerzauste mein Haar und wirbelte mir eine Strähne ins

Gesicht. Er zog die rechte Hand aus der Tasche und strich sie mir hinters Ohr. Das brachte mich so aus der Fassung, dass ich den Faden verlor und nicht weitersprechen konnte.

»Was ist damit?«

»Es ist … Du siehst ihm ähnlich oder er dir.« Ich holte tief Luft. »Alan Campbell. Wenn du so gekleidet wärst wie er … Du könntest sein Bruder sein. Hast du das nicht bemerkt?«

Er zog die Brauen zusammen. »Findest du? Ich hab das Bild ja erst ein Mal gesehen, als ihr uns durch die Hall geführt habt. Und es war nicht besonders hell in der Bibliothek.«

Er glaubte mir nicht. Der Zweifel in seinem Gesicht, die freundliche, aber etwas geistesabwesende Art, in der er mich musterte, verrieten es mir.

»Ich werde es mir noch einmal ansehen«, erklärte er beschwichtigend, wie man mit einem Kind redet, das in einer Fantasiewelt lebt; aber er konnte mich nicht täuschen.

Stumm gingen wir durch die Pforte in der Mauer, die zum Friedhof führte. Anders und Bronwen wanderten bereits zwischen den schiefen alten Grabsteinen herum.

»Die Erde ist nirgends eingesunken!«, rief Bronwen. »Obwohl hier ein paar Riesenkaninchen hausen müssen, den Löchern nach zu urteilen, die sie buddeln.«

»Vielleicht sind auch Füchse darunter«, warf Anders ein.

Am Grab von Mary und ihrem Sohn Alan Buchanan legte Bronwen einen Strauß Margeriten ins Gras, den sie unterwegs gepflückt hatte.

»Unsere Granny ist gern hierhergekommen«, sagte sie leise. »Sie hat den Grabstein immer gesäubert und die Schrift aufgefrischt. Aber auch sie wusste nicht, wo Marys Mann begraben liegt und ob sie noch weitere Kinder hatte.«

»Es wundert mich, dass der Stein überhaupt noch steht. Die meisten Grabplatten sind irgendwann umgestürzt oder eingesunken und Gras wächst darüber«, fügte Kyle hinzu. »Aber vielleicht steht der Stein auf felsigem Grund oder man hat ihn auf ein gemauertes Fundament gesetzt.«

Ich sah Bronwen nach, die gebückt unter den tief hängenden Eibenzweigen umherging, den Kompass in der Hand.

»Hier ungefähr müsste der Geheimgang verlaufen«, hörte ich sie sagen. »Und irgendwo dort zwischen den Kindergräbern könnte die verschüttete Stelle sein, obwohl keine Spuren mehr davon zu sehen sind. Was meinst du, Kyle?«

Eine Weile wanderten die Geschwister zusammen über den Friedhof, bückten sich von Zeit zu Zeit und diskutierten heftig. Anders folgte ihnen, aber ich hielt mich abseits. Langsam begriff ich, weshalb meine Stimmung so plötzlich umgeschlagen war und weshalb ich mich am liebsten irgendwo in Ashgroves Park verkrochen hätte. Ich war enttäuscht, weil Kyle mir nicht glaubte.

Keiner glaubte mir, als wir später in der Bibliothek vor dem Kamin standen.

Warum sahen sie es nur nicht? Wollten sie es nicht wahrhaben oder konnten sie die Ähnlichkeit einfach nicht erkennen? Betrachteten sie das Porträt mit anderen Augen als ich?

Nur Bronwen sagte nach einiger Zeit: »Vielleicht die Augen. Sie haben den gleichen Braunton wie die von Kyle. Aber Menschen mit braunen Augen gibt es hier häufig. Und die Nase … Ja, die Nase ist ähnlich geformt.«

Ich hatte mir vorgenommen zu schweigen, aber jetzt brach es aus mir heraus: »Dieser Blick – seht ihr das denn nicht? Dieser eindringliche Blick … Und die Art, wie er den Kopf hält. Und die Form seiner Lippen!«

»Ich hoffe, ich schaue nicht so arrogant aus der Wäsche«, erklärte Kyle lässig.

»Arrogant? Er schaut nicht arrogant, nur stolz!«

»Und überhaupt, weshalb sollte ich ihm ähnlich sehen? Allerdings, die hochwohlgeborenen Herren haben im Laufe der Zeit so manches hübsche Bürgermädchen in der Umgebung ihrer Schlösser und Herrenhäuser verführt. Es gab jede Menge uneheliche Kinder. Vielleicht war ja einer unserer Buchanan-Ahnen das Kind von einem der Campbell-Lords.« Und er lachte, was mich noch mehr ärgerte.

Bronwen schwieg. Immer wieder wanderte ihr Blick zwischen ihrem Bruder und Alan Campbells Porträt hin und her. Schließlich nahm sie die Taschenlampe und richtete den Lichtstrahl auf das Gemälde, sodass man das feine Gespinst sah, mit dem die alte Leinwand überzogen war, die Glanzlichter auf den Augen, die meisterhaft gemalte Struktur der Haut und des Tartan-Stoffs, die sanfte Röte der Wangen und eine Spur der Zähne zwischen den leicht geöffneten Lippen.

»Vielleicht«, murmelte sie. »Ja – vielleicht sieht Merle mehr als wir. Sie hat den verzauberten Blick.«

23

Ich kroch durch unterirdische Verliese, zwängte mich zwischen Mauerresten durch, die mit Teufelsfratzen verziert waren.

Immer tiefer drang ich vor und gelangte in ein Gewirr von Gängen und Winkeln, über Treppen und schiefe Steinplatten in Seitentunnels, die in verschiedene Richtungen führten. Wie ein Seiltänzer balancierte ich auf schwankenden Stegen über Felsspalten, die sich plötzlich vor mir auftaten und in die ich nicht zu schauen wagte, aus Angst, in ihren Tiefen könnten Schlangennester sein oder die Gebeine von Toten.

Schritte hallten und dröhnten in meinen Ohren. Jemand war hinter mir oder vor mir oder über mir und ich dachte: der Ausgang! Schnell, ich muss den Ausgang finden! Sie werden mich kriegen, mich fangen wie ein flüchtendes Tier, mich fesseln und fortbringen …

Mit wild pochendem Herzen wachte ich auf.

Der Mond schien ins Zimmer. Jemand war da, dicht neben meinem Bett. Ich sah nichts, keine Gestalt, nicht einmal einen Schatten, hörte keinen Laut, keinen Atemzug. Und doch spürte ich, dass ich nicht allein war. Ein körperloses Wesen stand da – oder kauerte oder schwebte – und wartete. Worauf?

Ich lag vollkommen still und hielt den Atem an. Auch ich wartete. Was wollte er von mir? Denn er war es wieder, das glaubte ich zu wissen, wenn er sich auch nur selten zeigen wollte oder konnte.

Aus den Augenwinkeln nahm ich wahr, wie sich das kleine in Leder gebundene Buch auf meinem Nachttisch bewegte. Es hob sich ein Stück, wie von unsichtbarer Hand ergriffen, schwebte einige Zentimeter über der Marmorplatte und blieb eine Weile so, wobei es ganz leicht zu schwanken schien.

Es war der Band mit dem Liebesgedicht. Ich hatte ihn mit in mein Zimmer genommen. Wie gebannt vor Grauen und Faszination beobachtete ich das Buch, das so minutenlang in der Luft schwebte.

Dann teilten sich die Buchdeckel. Mit leisem, trockenem Rascheln lösten sich die alten Blätter voneinander, wurden umgeschlagen bis zu der Seite, auf der die sieben Zeilen des Gedichts für Mary mit einem Lesezeichen gekennzeichnet waren.

Ich konnte den Blick nicht davon abwenden. Und während ich steif und starr unter dem dunklen Betthimmel lag, verwandelte sich das Gefühl des Grauens plötzlich in Trauer.

Spürte ich seinen Schmerz? Seine Verzweiflung über Verlorenes, Unwiederbringliches? Über ein zu kurz gelebtes Leben, eine verlorene Liebe, ein zu frühes Ende? Tränen stiegen mir in die Augen, liefen mir still über Wangen und Kinn, tropften auf den Kragen meines Schlafanzugs.

Ich dachte: Warum kannst du nicht einfach gehen? Verlass diesen Ort, mach dich endlich frei!

Woher dieser Gedanke kam, ahnte ich nicht. Ein flüchtiger Geruch nach Blut und Rauch und Fäulnis streifte mich, als ein Windstoß wie ein Seufzer durch den Kamin fuhr.

Im gleichen Augenblick flog ein Nachtvogel dicht am Fenster vorbei. Seine Schwingen rauschten, während sie die Luft zerteilten, streiften das Glas und schirmten für den Bruchteil einer Sekunde das Mondlicht ab, sodass das Zimmer fast im Dunkeln lag.

Dann musste ich eingeschlafen sein, denn das Nächste, woran ich mich erinnerte, war der Morgengesang des Rotkehlchens. »Sie fangen genau achtzig Minuten vor Sonnenaufgang zu singen an«, hatte Kyle gesagt. Dass er solche Dinge wusste!

Die schmelzenden, wehmütigen Töne riefen mir das nächtliche Erlebnis wieder ins Gedächtnis zurück. Ich richtete mich auf. Das Zimmer war noch in völlige Finsternis getaucht, denn der Mond war über Ashgroves Dächer gewandert. Als ich an der Kordel der Wandlampe zog und das Licht aufflammte, sah ich das kleine Buch auf dem Nachttisch liegen, scheinbar genau so, wie ich es gestern hingelegt hatte.

War vielleicht alles nur ein Traum gewesen? Schon begann ich zu zweifeln. Oder bildete ich mir nur verdrehtes Zeug ein? »Pass bloß auf, dass du nicht wirklich verrückt wirst!«, warnte eine Stimme in meinem Kopf.

Ich stand auf und beugte mich über das Büchlein auf dem Nachttisch. Da bemerkte ich eine Veränderung: Offenbar war das Buch ein Stück verschoben worden, denn da, wo es gestern gelegen hatte, war ein genau abgezirkeltes staubfreies Rechteck auf der Marmorplatte zurückgeblieben.

Wie immer frühstückten wir gemeinsam, Anders und ich. Ich erzählte ihm nichts von meinem nächtlichen Besucher. Bis wir nach Ashgrove gekommen waren, hatten wir keine Geheimnisse voreinander gehabt. Jetzt hielt ich es jedoch für sinnlos, mit ihm darüber zu reden. Er hätte mir doch nicht geglaubt.

»Warum bist du so schweigsam?«, fragte er. »Hast du auch nicht geschlafen? Der Mond hat mir stundenlang wie ein Scheinwerfer ins Gesicht geleuchtet.«

Er war also wach gelegen und doch hatte ihn nichts gestört als der Vollmond. Dabei trennte uns nur eine Wand voneinander.

Ich sagte: »Ich hab schlecht geträumt. Irgendwie war ich im Geheimgang unterwegs und unter den Ruinen von St. Mary's, glaube ich.«

Anders lachte. »Hat dir im Traum jemand den Ausgang gezeigt?«

Ich schüttelte den Kopf. »Nein, aber ich bin verfolgt worden. Jedenfalls hatte ich das Gefühl, dass sie hinter mir her waren.«

»Sie? Wer, sie? Du beschäftigst dich zu viel mit den alten Geschichten, die sich in der Hall ereignet haben, Merle. Das ist doch alles längst vorbei!«

Wie konnte er da so sicher sein? Ich schwieg.

Er fragte, ob ich mit ihm nach Inverness fahren wolle, wohl, um mich auf andere Gedanken zu bringen. Wieder schüttelte ich den Kopf.

»Mr Mac kommt wahrscheinlich vorbei. Ich werde mit Rob Roy spazieren gehen. Und mittags koche ich für uns.«

Er musterte mich von der Seite, verstohlen, aber ich merkte es doch. »Komm bloß nicht auf die Idee, allein in der Kirchenruine herumzukriechen! Ich traue dir das zu, nur weil du es dir in den Kopf gesetzt hast, unbedingt diesen Ausgang zu finden. Er ist längst verschüttet, glaub mir.«

Ich hatte nichts dergleichen vor und das sagte ich ihm auch. Doch mir schien, dass er mir nicht wirklich traute und erleichtert war, als Mr MacDonald und Rob Roy hinter der Terrassentür erschienen. Ein stämmiger Mann im blauen Overall begleitete sie.

»Der Heizungsmonteur!«, murmelte Anders. »Das

glaub ich jetzt nicht! Ich hätte schwören können, dass wir ihn nie zu Gesicht bekommen würden, solange wir hier sind.«

»Wer nicht an Wunder glaubt, ist kein Realist«, erwiderte ich. »Wer hat diesen weisen Spruch geprägt? Ben Gurion? Gandhi?«

Rob Roy begrüßte mich mit würdevoller Freude. Anders übersah er. Ich gab ihm zwei von den Brownies, die Bronwen mitgebracht hatte.

Mr Mac lachte dröhnend und sagte, er wüsste jetzt, warum Rob Roy so hinter mir her wäre. »Aber er hat einen guten Geschmack, aye, das hat er!«, fügte er hinzu und ich wusste nicht, ob er mich oder die Brownies damit meinte. Dann fragte er: »Schlafen Sie gut da oben, Miss?«

Das Glitzern in seinen Augen gefiel mir nicht. Statt einer Antwort erklärte ich dem Monteur, welche Macken die Heizung hatte.

Anders verließ nur widerstrebend das Haus. »Lass ihn nicht weg, ehe das Wasser richtig heiß wird!«, flüsterte er mir beschwörend zu.

Mr Mac und der Heizungsmonteur hatten angefangen, sich im breitesten schottischen Dialekt über etwas zu unterhalten. Ich verstand so gut wie nichts und beschloss, mich mit Rob Roy abzusetzen, nachdem ich den beiden eine Kanne Tee gekocht hatte.

Es regnete nicht, aber der Himmel war wolkenverhangen. Hinter den verlassenen Ställen traf ich auf

Daisy Westmacott. Sie hatte ein Leckerli für Rob Roy in ihrer Hosentasche, aus der der Griff einer Rosenschere und ein Strang Blumenbast hervorsah. Wieder einmal fragte ich mich, wie es kam, dass die Gärtnerin meistens dann in Ashgrove auftauchte, wenn auch Mr Mac hier war, und ob sie das mit Absicht so einrichtete.

»War das eine Nacht!«, sagte sie und lehnte ihre Grabgabel gegen die Backsteinmauer. »Eine Feennacht, wenn's je eine gegeben hat! Der Vollmond lockt sie aus ihren Hügeln.«

»Ach! Und was machen sie dann?«, fragte ich und hütete mich, dabei zu lächeln.

»Sie tanzen und singen und spielen auf ihren Instrumenten. Manchmal treiben sie auch Schabernack mit uns Sterblichen. Man muss aufpassen, dass man sie nicht verärgert. Sie können unangenehm werden.«

An Feen hatte ich nicht gedacht. In den Nächten schien es am Loch Ash lebhafter zuzugehen, als ich angenommen hatte. Unwillkürlich überlegte ich, ob das, was ich vor wenigen Stunden in meinem Zimmer erlebt hatte, etwas mit Daisy Westmacotts Feen zu tun haben konnte. Vermutlich nicht; nein, sicher nicht.

Die Gärtnerin beobachtete mich mit ihren dunklen Koboldaugen. Plötzlich erinnerte sie mich an Tante Thisbe, die manchmal die verblüffende Fähigkeit entwickelte, Gedanken zu erraten.

Auf dem alten Friedhof vergaß Rob Roy seine Würde und fing an, mit wilder Energie in einem Kaninchenloch zu wühlen. Er riss ganze Grasbüschel heraus, Erde und Steine flogen ihm um die Ohren. Alle Versuche, ihn zum Weitergehen zu bewegen, nützten nichts. Wie ein Wildpferd schnaubte er in das Erdloch hinein, das von Minute zu Minute größer wurde.

»Die Kaninchen sind längst über alle Berge!«, sagte ich zu ihm. »Meinst du, die warten, bis du dich zu ihnen durchgebuddelt hast?«

Irgendwann dachte ich, dass er mir schon folgen würde, wenn er genug gewühlt hatte, und ging langsam weiter durch die Friedhofspforte zu den Ruinen von St. Mary's. Eidechsen und schillernde Käfer kreuzten meinen Weg, Ameisen erklommen Mauerreste, die für sie hoch wie Wolkenkratzer sein mussten. Der Wind pfiff klagend durch die Fensterhöhlen.

Über den Resten des Glockenturms zog ein Falke seine Kreise. Er schwebte davon, als ich näher kam, um einen Blick auf das ehemalige Kirchenschiff zu werfen. Der große, rechteckige Platz, auf dem vor Jahrhunderten Priester zelebriert und Gläubige gesessen und gebetet hatten, war nur noch ein Trümmerfeld aus Steinbrocken. Rechts ragte eine geborstene Mauer auf. In den Spalten zwischen dem Geröll hatten sich Gestrüpp, Disteln und Mohnblumen angesiedelt, die wie Blutstropfen in der Sonne leuchteten. Hier nach einem Zugang zu unterirdischen Gewölben zu suchen, war hoffnungslos.

Ich setzte mich auf eine Steinstufe, die von Moos und Flechten überzogen war. Plötzlich nahmen Daisy Westmacotts Feen in meinem Kopf Gestalt an, eine Schar geflügelter Wesen, die sich an den Händen hielt und zum Klang von Flöten und Harfen tanzte.

Das Bild wurde verdrängt von einem anderen – einem Zimmer im Mondlicht, in dem Dinge geschahen, die es eigentlich nicht geben konnte. Das kleine Buch mit dem handgeschriebenen Gedicht war ein Teil von Ashgroves Geschichte, einer Geschichte von Treue und Flucht, von Liebe und Tod: Alan Campbells Geschichte.

Ein Vogel flatterte auf, Zweige und Blätter knackten und raschelten. In der Erwartung, Rob Roys struppige Gestalt auftauchen zu sehen, drehte ich den Kopf in die Richtung, aus der die Geräusche kamen.

Doch es war Kyle. Er trug einen Umhang aus schwarzem Tuch, der ihn wie einen Helden aus einem Mantel-und-Degen-Film aussehen ließ.

»Dacht ich's mir doch, dass ich dich hier finde!«, sagte er. »Stört es dich, wenn ich mich zu dir setze?«

Stimmen können einen gleichgültig lassen; sie können anziehend oder abstoßend sein. Es konnte sogar passieren, dass man sich in eine Stimme verliebte; das wurde mir jetzt klar, als ich Kyles dunkler, sanfter Stimme mit der verführerischen schottischen Klangfärbung lauschte.

Doch er sollte mir nichts anmerken. Ich schüttelte den Kopf und rückte ein Stück zur Seite, um ihm Platz zu machen. Er roch nach Wind und dem Wasser des Loch Ash. Es war beunruhigend, ihn so dicht neben mir zu haben, aber auch prickelnd, das musste ich mir eingestehen.

»Ich hab heute meinen freien Tag«, erklärte er. »Morgen muss ich eine Busladung Touristen vom Loch Ness abholen, wo sie zwei Tage verbringen wollen, um nach Nessie Ausschau zu halten.« Er schnitt eine Grimasse. »Dieses alberne Monster, der Whisky und ein bisschen Dudelsackmusik ist alles, was sie an unserem Land interessiert.«

»Wenn einer daran etwas ändern kann, dann doch du.«

»Ich gebe mir ja Mühe.« Kyle seufzte so tief, dass ich lachen musste. »Du hattest doch nicht vor, unter der Kirchenruine nach dem Geheimgang zu suchen? Versuch's nicht, Merle! Es wäre wirklich zu gefährlich und hätte obendrein auch wenig Sinn. Gestern Abend war ich noch beim Pfarrer von St. Agatha's in Blanachullish. Er hat mich einen Blick in die alten Pläne von St. Mary's werfen lassen. Mitnehmen durfte ich sie natürlich nicht und leider auch nicht kopieren, weil das Pergament schon so brüchig ist.«

Der Wind wehte mir die Haare ums Gesicht. Ich band sie zurück und wartete gespannt.

»Unter dem Altarraum gab es eine Krypta«, erzählte Kyle, »ursprünglich wohl eine Grabkammer. Ich denke, sie war auch als Schutzraum für die Gläubigen bei feindlichen Überfällen gedacht. Deshalb ist es naheliegend, dass die Krypta einen unterirdischen Fluchtweg hatte für den Fall, dass die Kirche gestürmt wurde.«

Wir sahen uns an und er nickte.

»Es würde passen, ja. Allerdings habe ich in den Plänen keinen Hinweis darauf gefunden. Wenn es eine Verbindung zu Ashgroves Geheimgang gab, wussten sicher nur wenige davon. Mir ist aufgefallen, dass eine der Bodenplatten in der Planskizze mit einem Zeichen markiert war, einer Art Pentagramm. Der Pfarrer meinte, ein Steinmetz hätte das Zeichen angebracht; aber was es bedeutet, weiß heute keiner mehr.«

»Eine Bodenplatte!«, sagte ich leise, aber heftig. »Darunter könnte doch der Ausgang des Geheimgangs sein, durch den Ashgrove mit St. Mary's verbunden war!«

Kyle lächelte über meine Begeisterung. »Aber vergiss nicht, dass Oliver Cromwells Truppen die Kirche geschleift haben. Das war zwischen 1650 und 1654, also bereits etwa siebzig Jahre vor Alan Campbells Geburt.«

Wieder kreuzten sich unsere Blicke. Ich schlug die Augen nieder, aber nicht rasch genug, um den Glanz in den seinen nicht zu bemerken. Unsicher erwiderte ich: »Aber damals … damals war die Ruine bestimmt noch nicht so verfallen, wie sie es heute ist. Ich meine, Cromwells Soldaten haben vielleicht den Altar und den Glockenturm zerstört, aber wer weiß, wie lange die Mauern des Kirchenschiffs noch standen.«

»Darüber habe ich auch schon nachgedacht. Es ist durchaus möglich, dass der Zugang zur Krypta zur Zeit der Jakobitischen Aufstände noch einigermaßen unversehrt war.«

»Und wenn der Geheimgang unter dem Friedhof damals passierbar war, könnte es doch sein, dass Alan Campbell durch die Krypta von St. Mary's entkam und sich zu Freunden rettete, die ihn versteckten und seine Wunden versorgten …«

Kyle beugte sich vor und berührte flüchtig meinen Arm. »Du hoffst auf ein Happy End … Aber das ist alles längst ausgestanden, wie es auch endete. Jedenfalls hat es keinen Sinn, hier zu suchen. Der Pfarrer von St. Agatha's hat mir erzählt, dass vor ungefähr zehn Jahren zwei Historiker aus Glasgow kamen und versuchten bis in die Krypta vorzudringen. Sie mussten aufgeben. Die Reste des Bodens im ehemaligen Altarraum über der Krypta sind total brüchig und einsturzgefährdet.«

Der Wind trug uns den Geruch ferner Schafweiden zu. Tauben gurrten ihre Liebeslieder in den Mauerresten.

»Ja«, sagte ich. »Und von Trümmern bedeckt. Ich hab es mir gerade angesehen. Wir werden also nie wirklich herausfinden, was mit ihm geschah?«

Kyle strich mir sanft eine Haarsträhne aus der Stirn, die sich wieder gelöst hatte. »Was für schöne Haare du hast!«, murmelte er. »Sie haben die Farbe von Bernstein.« Er nahm meine Hand und drückte sie leicht gegen seine Wange.

Ein warmer Strom durchrieselte meinen Körper, doch zugleich machte ich mich steif wie ein Käfer in Todesgefahr. Sicher spürte er es, denn er legte meine Hand sanft in meinen Schoß zurück.

»Ja, vermutlich werden wir es nie wissen. Aber was ist daran so schlimm? Was hätten wir davon, wenn wir irgendwo in einem Erdloch ein paar Knochen und die Überreste von Lederstiefeln finden würden? Würde es etwas ändern?«

»Wer weiß«, sagte ich leise. »Wir könnten das, was von ihm übrig ist, einsammeln und auf dem Friedhof begraben.«

Und ich dachte: Dann würde er vielleicht endlich zur Ruhe kommen.

24

Anders war geistesabwesend, als er nachmittags zurückkam.

Weder das heiße Wasser, das jetzt auf wunderbare Weise aus den Leitungen floss, noch meine Schilderung des Gesprächs mit Kyle schien ihn besonders zu interessieren. Während ich redete, sah er an mir vorbei auf eine Stelle an der Wand, bis ich, um ihn zu testen, das Thema wechselte und mit ernster Stimme sagte: »Und dann saßen plötzlich sechs Wichtelmänner im Schottenrock auf dem Dach und prosteten mir mit Whisky zu.«

Seine freundlich-abwesende Miene veränderte sich nicht. Ich stand auf, nahm seinen Teller, auf dem noch die Hälfte der Spaghettiportion mit der jetzt kalten Tomatensoße lag, und trug ihn schweigend weg.

Er seufzte.

»Merle«, begann er, »was meinst du, soll ich Bronwen eine Liebeserklärung machen? Soll ich ihr sagen, was ich für sie empfinde?«

Das war es also. »Sie müsste blind und taub sein, wenn sie es nicht längst bemerkt hätte«, erwiderte ich.

»Schon, aber … Vielleicht wartet sie darauf, dass ich es ausspreche! Ich muss es ihr sagen, ich kann es einfach nicht länger für mich behalten!«

Obwohl ich ziemlich sicher war, dass Bronwen seine Gefühle nicht erwiderte, versuchte ich nicht, ihm die Sache auszureden. Es hätte doch nichts genützt. Ich hoffte nur, sie würde ihn nicht mehr als nötig verletzen.

»Okay, dann rede mit ihr, wenn du nicht anders kannst.«

»Ich rufe sie heute noch an. Vielleicht ist sie einverstanden, sich mit mir zu treffen. Übrigens werde ich mich demnächst am College für Science and Engineering in Edinburgh um einen Studienplatz bewerben. Ein Lehrer in unserer Schule hat versprochen, mir dabei zu helfen.«

Das hieß, dass Anders in Schottland bleiben wollte, wenn es mit einem Studienplatz klappte. Ich stand am Spülbecken und merkte plötzlich, wie sehnlich ich mir wünschte, ebenfalls hierbleiben zu können. Die Vorstellung, wieder in den Alltag nach Hause zurückzukehren, erschien mir ungefähr so verlockend wie die Verbannung in eine öde, mit Dornbüschen überwucherte Steppe.

Rob Roy hatte Dreckklumpen auf dem Küchenboden hinterlassen. Während ich sie zusammenfegte, klingelte das Telefon. Es waren unsere Eltern, die fragten, ob wir gesund und munter seien und mit dem

Geld auskämen. Kaum hatten sie aufgelegt, meldete sich Tante Thisbe.

»Letzte Nacht konnte ich nicht schlafen. Ich musste dauernd an dich denken«, sagte sie. »Bist du in Ordnung, Merlekind?«

Wieder einmal glaubte ich, dass sie eine Art siebten Sinn haben musste. »Mir geht es gut, wirklich. Es ist sehr … spannend hier.«

»Spannend, aha. Deine Stimme klingt komisch. Bist du erkältet? Das war ich regelmäßig in Ashgrove. Das schottische Klima verträgt nicht jeder.« Sie legte eine kurze Pause ein. »Oder bist du etwa verliebt?«

Ich holte tief Luft. »Nie im Leben!«, versicherte ich etwas zu nachdrücklich. »Überhaupt nicht, wie kommst du darauf? So etwas passiert mir bestimmt nicht mehr.«

Sie kicherte so, dass es in meinen Ohren schrillte. »Einen derartigen Schwachsinn kannst du deiner Großmutter erzählen! Aber gut, ich weiß Bescheid. Hoffentlich hat er mehr Charakter als sein Vorgänger.« Damit war das Gespräch beendet.

Anders saß auf der Treppe und wartete darauf, dass ich den Hörer auflegte. Er hielt einen Zettel in der Hand, von dem er etwas ablas.

»Mein Englisch ist besser geworden, findest du nicht?«, fragte er. »Ich möchte mich nicht lächerlich machen.«

Ich nickte. »Ja, du machst Fortschritte, das stimmt.«

Das war nicht gelogen und es war das einzig Aufmunternde, was ich ihm sagen konnte. Ich ging in die Küche zurück, kehrte den Schmutz auf die Kehrichtschaufel und warf ihn aus dem Fenster.

Schon nach kurzer Zeit tauchte Anders wieder auf. Er war bleich um die Nase. »Sie kommt gegen fünf vorbei«, murmelte er. »Offenbar wollte sie sowieso etwas mit dir besprechen.«

»Was hast du zu ihr gesagt?«

»Nur, dass ich mit ihr reden möchte. Meinst du, wir könnten es so einrichten, dass du erst mal nicht da bist, wenn sie kommt? Dann hätte ich Zeit, um … Gib mir eine Viertelstunde oder so …«

Ich versprach es ihm.

Er sagte nichts weiter, öffnete die Küchentür und verschwand im Park. Ich begriff, dass er allein sein wollte, und folgte ihm nicht.

Später holte ich das kleine Buch mit dem Gedicht aus meinem Schlafzimmer und nahm es mit in die Bibliothek, um es Bronwen zu zeigen, wenn sie kam. Was wollte sie wohl mit mir besprechen? Mir wurde klar, wie viel sich während der vergangenen Tage und Nächte ereignet hatte und dass sich meine eigene Geschichte mit einer anderen, lange zurückliegenden verband, und zwar in schwindelerregendem Tempo, so als hätte eine kosmische Macht die Ereignisse angeschubst. Doch ich konnte nicht erkennen, wohin sie steuerten.

Ich blieb in der Bibliothek und versuchte zu lesen, als Bronwen kam. Sie und Anders saßen auf der Terrasse in der Spätnachmittagssonne. Durch die geschlossenen Fenster hörte ich das Gemurmel ihrer Stimmen. Gern hätte ich auf eine wunderbare Fügung gehofft, darauf, dass Anders' Sehnsucht sich erfüllte. Doch Bronwen hatte in seiner Gegenwart nie auch nur das geringste Zeichen von Verliebtheit gezeigt, daher standen seine Chancen schlecht.

Ziemlich genau eine Viertelstunde später wurde an die Tür der Bibliothek geklopft. Bronwen stand auf der Schwelle. Anders war nirgends zu sehen. Ich versuchte an ihrem Gesicht abzulesen, wie das Gespräch verlaufen war. Sie wirkte kühl und unbeteiligt.

»Komm doch herein!«, sagte ich. »Ich wollte dir etwas zeigen.«

Keine von uns erwähnte meinen Bruder. Sie ging zum Kamin, stand dort eine Weile und sah zu Alan Campbells Porträt auf. Ein dünner Sonnenstrahl drang durch die Fensterscheiben und erhellte seinen Mund, sein Kinn und seine weiße Halsbinde.

»Du hast recht«, erklärte sie schließlich. »Es besteht eine gewisse Ähnlichkeit. Schon komisch, dass mir das nicht gleich aufgefallen ist.«

»Manchmal muss man etwas erst für möglich halten, um es zu erkennen.«

»Aber Merle ... das würde bedeuten, dass es wirklich einmal eine Liebesbeziehung zwischen einer

Buchanan-Tochter und einem der Campbells gab! Unmöglich ist es nicht, aber dass davon so gar nichts überliefert ist? Solche Geschichten werden doch in Familien weitererzählt, wenn auch hinter vorgehaltener Hand.«

»Oder sie werden totgeschwiegen. Sind nicht immer wieder Kinder zur Welt gekommen, bei denen man nicht wusste, wer der Vater war? Die Mütter haben es einfach nicht verraten. So etwas gibt es doch heute noch.« Ich drehte mich um und ging zum Schreibtisch. »Allerdings … Es könnte sein, dass ich auf eine Spur gestoßen bin, einen Hinweis. Sieh dir das an!«

Bronwen trat hinter mich.

Ich schlug das Bändchen auf und zeigte ihr das Gedicht. »Ich hab versucht, es in modernes Englisch zu übertragen, so gut ich konnte. Vielleicht ist einiges falsch. Die Schrift war schwer zu entziffern.«

Sie nahm das Buch und las die Zeilen mit gerunzelter Stirn.

»Deine Übertragung ist gut; sie müsste stimmen. *Für Mary* …« Bronwen überlegte. »Marys gab es im Laufe der Zeit viele, neben Anne und Elizabeth war es der gebräuchlichste Frauenname. Auch in unserer Familie waren einige Marys. Meine Granny hieß so und eine Schwester meines Vaters. Aber die Jahreszahl! Das war die Zeit von Bonnie Prince Charlie und Alan Campbell.«

»Siebzehnhundertfünfundvierzig müsste Alan noch am Leben gewesen sein.«

»Er war damals etwa fünfundzwanzig. Es war ein Jahr vor der unseligen Schlacht bei Culloden.«

Wir sahen uns an. Bronwen hatte den gleichen Gedanken wie ich, das ahnte ich, noch ehe sie sagte: »Das Gedicht könnte von ihm stammen. Es ist bestimmt nicht von einem großen Dichter geschrieben worden, aber es sind die Zeilen eines Liebenden.«

»Wer weiß, ob diese Mary sie je gelesen hat.«

Zart und behutsam strich sie mit dem Zeigefinger über die verblassten Schriftzüge. »Schön … Es ist schön, findest du nicht? Und rührend. Und es könnte zu ihm passen, zu seinem Gesicht, dem empfindsamen Mund. Er war sicher ein sensibler, romantisch veranlagter Mensch.«

Ich fragte mich, ob ich ihr erzählen sollte, was vergangene Nacht mit dem Büchlein passiert war. Doch jetzt, am helllichten Tag, erschien es mir selbst so fantastisch und unglaubwürdig, dass ich es lieber für mich behielt.

Bronwen sagte etwas von einem Verwandten in Edinburgh, den sie anrufen wollte.

»Unser Cousin Edward. Sein Hobby ist Ahnenforschung. Er stöbert für sein Leben gern in alten Archiven herum und hat sich an der Familiengeschichte der Buchanans festgebissen. Wir haben uns immer über ihn lustig gemacht, Kyle und ich. Aber jetzt

226

könnte er uns vielleicht weiterhelfen. Wenn einer herausfinden kann, ob es eine Verbindung zwischen unserem Zweig der Buchanans und den Campbells of Loch Ash gibt, dann er.«

Ich nickte. Und als hätte ich damit einen Mechanismus in Gang gesetzt, blitzte etwas in meinem Kopf auf, eine Ahnung, ein verschwommenes Bild. Es war sofort wieder verschwunden. Ich wusste, es war wichtig, ich musste es unbedingt zu fassen kriegen. Doch je mehr ich grübelte, desto weiter entfernte es sich.

Bronwen legte das Büchlein auf den Schreibtisch. »Ich muss jetzt gehen«, sagte sie. »Aber ich melde mich, sobald ich etwas herausgefunden habe. Kyle fährt morgen in aller Frühe mit einem australischen Ehepaar auf die Shetlandinseln. Er bleibt zwei Tage weg.«

»Wolltest du nicht etwas mit mir besprechen?«

»Nur die Sache mit Cousin Edward, das ist alles.«

Anders tauchte nicht auf, als ich mit Bronwen durch die Halle ging und sie zur Tür brachte. Wir verabschiedeten uns. Dabei bemerkte ich zwischen den unbeschnittenen Buchsbäumen, die wie verzauberte Trolle aussahen, einen Schatten, der rasch verschwand. Es musste mein Bruder sein – wer sonst?

25

Spätabends stand er vor meiner Zimmertür. Mit seinem gestreiften Pyjama, den wirren Haaren und traurigen Augen wirkte er wie ein kleiner Junge.

»Kann ich bei dir schlafen, Merle?«, fragte er. »Allein halt ich's einfach nicht aus!«

Ich fasste ihn am Arm und zog ihn über die Schwelle. Er tappte zum Bett, kroch hinein und zog die Decke bis zur Nasenspitze hoch. Es war wie in unserer Kindheit, wenn einer von uns beiden Kummer hatte. Ich legte mich neben ihn und knipste die Wandlampe aus.

So lagen wir lange schweigend. Irgendwann merkte ich, dass er weinte. Da nahm ich seine Hand und hielt sie fest. Das Mondlicht schien durch die Fenster und tauchte das Zimmer in mildes bläuliches Licht. Sterne funkelten hinter den Scheiben, heller, als ich sie zu Hause je gesehen hatte.

»Sie mag mich nicht«, sagte er leise und undeutlich. »Kein Wunder. Wer soll an mir schon etwas finden? Mit meinen dünnen Haaren und meinem Mondgesicht. Außerdem bin ich ein langweiliger Tropf …«

»Bist du nicht!«, protestierte ich, obwohl mir klar war, dass es nichts nützen würde. »Du bist liebenswert und klug und absolut zuverlässig, der beste Bruder, den man sich wünschen kann.«

Er schniefte. »Vergiss es! Bei Frauen sind andere Vorzüge gefragt, besonders bei einer wie Bronwen. Sie kann an jedem Finger zehn haben.«

Das stimmte wohl. Was sollte ich ihm sagen? Ich wusste aus eigener Erfahrung, wie weh unerwiderte Liebe tat, wie untröstlich man sein konnte, wie tief in seinem Stolz verletzt.

»Es geht vorbei. Irgendwann bist du drüber weg«, war das Einzige, was mir einfiel. Aber auch wenn es stimmte, war es doch nur ein dürftiger Trost.

Alles Mitgefühl hinderte mich nicht am Einschlafen. Ohne es zu wollen, driftete ich weg und träumte, dass ich Hand in Hand mit jemandem durch einen Wald ging, in dem uralte Eiben mit rötlichen Stämmen wuchsen. Erst war mein Bruder mein Begleiter. Dann verwandelte er sich in Kyle – oder war es ein anderer, der Ähnlichkeit mit ihm hatte?

Die Bäume schienen vor ihm zurückzuweichen und ihm Platz zu machen. Er zog das Licht des Mondes und der Sterne auf sich, die unseren Pfad erhellten, während ich im Schatten ging.

Seine Hand war kalt und hielt meine schmerzhaft fest umklammert. Wortlos zog er mich mit sich. Wir kamen an eine Mauer mit einem Torbogen. Hinter der Mauer erstreckte sich ein grüner Hain voll steinerner Tafeln; dazwischen waberten Nebelschwaden.

Zu einem dieser Steine führte er mich, meine Hand in seinem eisernen Griff. Erst jetzt verstand ich, dass wir an einem Ort waren, wo die Toten wohnten.

Er hatte ein Tuch aus Samt mitgebracht. Mit diesem Tuch verhüllte er den Grabstein. Und was im Wachzustand widersinnig gewesen wäre, bekam im Traum seine eigene Logik: Als das Tuch über dem Stein lag, konnte ich lesen, was darauf stand. Es waren zwei Namen, die ich kannte.

Am nächsten Morgen erinnerte ich mich nicht mehr an die Fortsetzung des Traums. Die Namen aber waren mir im Gedächtnis geblieben. Mary und Alan … Das war es, worüber ich gestern nachgegrübelt hatte, ehe Bronwen sich verabschiedete.

Anders schlief noch. Ich spürte seinen Atem auf meinem Gesicht, denn er hatte den Kopf an meine Schulter gelegt und umklammerte mein Handgelenk wie ein Hilfe suchendes Kind.

Ich schloss die Augen wieder und sah den verwitterten Grabstein der Buchanans vor mir. Dort lagen zwei Vorfahren von Bronwen und Kyle: Mary Buchanan und ihr Sohn Alan.

Angestrengt versuchte ich mich an die Jahreszahlen zu erinnern. Sie hatten beide um die Mitte des achtzehnten Jahrhunderts gelebt, also etwa zur gleichen Zeit wie Alan Campbell. Die genauen Daten hatte ich vergessen.

Ich brauchte Gewissheit. Draußen dämmerte der

Morgen. Vorsichtig löste ich mein Handgelenk aus dem Griff meines Bruders und zog meine Schulter sacht unter seiner Wange hervor. Er stöhnte leise, wachte aber nicht auf.

Barfuß tappte ich über den Flur ins Badezimmer. Dort wusch ich mein Gesicht mit kaltem Wasser und schlüpfte dann in die Jeans und den Baumwollpulli, die ich gestern getragen hatte. Es gab eine Hintertür. Sie führte zu den Ställen und in jenen Teil des Parks, der an den Friedhof grenzte, das wusste ich inzwischen.

Ashgroves Park glitzerte von Tautropfen. Bald waren meine Leinenschuhe und Fußknöchel nass. Ich krempelte die Hosenbeine hoch, zog die Schuhe aus und ging barfuß weiter durch das Gras und über das Pflaster des Pfads. Noch stand der Mond als bleiche Sichel über den Eibenhecken. Der Morgenstern funkelte. Tiere flüchteten vor mir ins Gebüsch, ein Käuzchen schrie klagend, die ersten Vögel begannen leise ihre Lieder zu flöten.

Das Morgenlicht hatte seinen eigenen Zauber. Es versprach einen Tag voller Verheißung, als läge die ganze Fülle des Lebens vor mir ausgebreitet in seiner Schönheit, seinen Rätseln, all seinen verschwenderischen Möglichkeiten und verschlungenen Wegen, der geheimen Verknüpfung von Vergangenheit und Gegenwart.

Eine Dunstglocke hüllte die alten Gräber in feierlichen Frieden. Kaninchen hoppelten wie kleine Geistergestalten zwischen den Steintafeln umher, machten Männchen und beäugten mich verwundert, ehe sie in ihren Löchern verschwanden.

Der Margeritenstrauß, den Bronwen aufs Grab ihrer Vorfahren gelegt hatte, war verwelkt.

Ich bückte mich und las noch einmal, was auf der verwitterten, von Flechten überzogenen Grabplatte geschrieben stand.

Der Kreis schloss sich: Mary Buchanan hatte zur selben Zeit gelebt wie Alan Campbell. Sie war vier Jahre jünger gewesen als er. Marys Sohn war zur Welt gekommen, als sie einundzwanzig war, im gleichen Jahr, in dem Alan Campbell verschwand.

Ein Sohn, der Alan hieß.

Wer außer den beiden, Mutter und Sohn, mochte noch in diesem Grab liegen?

26

Ich brauchte jede Menge Überredungskunst, um Anders zum Aufstehen zu bewegen. Er wollte nicht frühstücken und bat mich so inständig, ihn nicht allein nach Inverness fahren zu lassen, dass ich schließlich nachgab. Der Besuch in The Briars, den ich mir vorgenommen hatte, musste also warten.

Gegen drei Uhr nachmittags kamen wir zurück, beladen mit Lebensmitteltüten und einem Kasten voller Getränke. Anders sah den Umschlag, der auf der Fußmatte lag, zuerst.

»Von ihr!«, rief er und griff mit zitternden Fingern danach.

Vielleicht hoffte er, Bronwen hätte ihre Meinung geändert und über Nacht ihre Gefühle für ihn entdeckt. So verrückt und unvernünftig macht einen die Liebe, dass man auf Wunder hofft. Doch der Umschlag war für mich, mein Name stand darauf.

Wortlos reichte er ihn mir und ging ins Haus, ohne auf mich zu warten. Der große braune Umschlag enthielt einen zweiten, kleineren, in den ein harter Gegenstand gewickelt war. Ein Zettel mit ein paar flüchtig hingekritzelten Zeilen lag dabei.

»Es gibt Neuigkeiten. Schade, dass ich dich nicht

angetroffen habe. Meldest du dich bei mir? – Anbei etwas von Kyle, was ich dir geben sollte.«

Jetzt zitterten meine Finger, als ich den Klebestreifen um das dünne Packpapier löste. Ein Päckchen in Seidenpapier lag darin, umwickelt von einem Blatt Papier und einem roten Bändchen.

Auf dem Blatt war die Kopie eines Gedichts in schottischem Dialekt:

> *O my luve's like a red, red rose*
> *That's newly sprung in June.*
> *O my luve's like the melody,*
> *That's sweetly play'd in tune.*
>
> *As fair art thou, my bonnie lass,*
> *So deep in love am I.*
> *And I will love thee still, my dear,*
> *Till all the seas gang dry.**

Darunter stand in roten Druckbuchstaben: *Für Merle.*

Sofort hüpfte mein Herz wie ein Fohlen auf der

---

*Oh, meine Liebste ist wie eine rote, rote Rose,
Die im Juni erblüht.
Oh, meine Liebste ist wie die Melodie,
In süßer Harmonie gespielt,
So schön bist du, meine Bonnie Lass,
Ich liebe dich so sehr.
Und ich werde dich immer noch lieben,
Bis all die Meere austrocknen.*

Frühlingsweide. Es tat, was es wollte, kümmerte sich nicht um meinen Kopf und um all meine vernünftigen Vorsätze, meine Bedenken und Ängste.

Ich steckte das rote Bändchen in meine Jeanstasche und wusste, dass ich es lange aufheben würde, zusammen mit dem Liebesgedicht von Robert Burns.

In dem Seidenpapier lag ein Herz aus Silber mit einer Öse daran. Es war klein wie ein Amselei und mit verschlungenen Ornamenten und einem roten Stein verziert. Sicher war es sehr alt.

Ich drückte das Schmuckstück gegen meine heiße Wange. Es fühlte sich glatt an, fast lebendig. Mir war schwindlig im Kopf, so als hätten sich Nebelschwaden zwischen meinen Gehirnwindungen eingenistet.

Mit einem Schlag schien alles um mich her verändert zu sein. Das Gras an den Hausmauern glänzte, das Laub und die Nadeln der Hecken leuchteten so, dass ich fast geblendet wurde. Mein Blick auf den Garten in seiner Pracht, seinem Reichtum an Farben und Formen war wie verzaubert. Ich roch die feuchte Erde und den Duft der Rosen, des Sommerflieders und der Kräuter und dazwischen den strengen, herben Geruch des Buchses.

Und das Herz in meiner geschlossenen Hand schien zu pochen. Das Silber erwärmte sich und schickte prickelnde Ströme durch meine Haut und meinen Körper, während eine Amsel auf Ashgroves Dach saß und sang, frohlockend und wehmütig zugleich, eine Melodie von Liebe und Schmerz und Hoffnung.

»Sei mutig!«, wisperte eine Stimme. »Lauf nicht weg! Das Leben ist zu kurz, um feige zu sein …«

Doch als ich mich umsah, war die Halle hinter mir leer. Niemand stand im Dämmerlicht. Dann schrillte das Telefon.

Ich drehte mich um und stolperte über eine der Lebensmitteltüten. Kartoffeln rollten über den abgetretenen Teppich. Dass ich mit der Schulter gegen einen Mauervorsprung stieß, was mir einen großen blauen Fleck einbrachte, merkte ich erst später.

Es war Bronwen. »Ich muss dir etwas erzählen«, sagte sie.

»Ich dir auch.«

»Können wir uns in etwa einer Stunde am alten Bootshaus treffen?«

Wie auf Wolken wandelte ich in die Küche und verstaute die Vorräte im Kühlschrank und in den Regalen. Dabei summte ich das Lied von Danny Boy vor mich hin, bis ich Anders auf dem Steinboden der Terrasse kauern sah, die Arme um die Knie geschlungen und den Kopf eingezogen wie ein trauriger Waldschrat. Da verstummte ich. Er sollte nicht merken, wie glücklich ich mich fühlte. Es wäre mir grausam vorgekommen.

Doch in mir sang es weiter, nichts konnte das brodelnde Glücksgefühl dämpfen. Ich kochte Tee, stellte ihn zusammen mit einer Schale voller Shortbread-

Kekse, die ich in Inverness gekauft hatte, auf ein Tablett und trug es auf die Terrasse.

»Ich mag nichts!«, murmelte er, ohne aufzusehen. »Lass mich!«

Ich zögerte kurz, ließ ihn dann aber allein, weil ich daran denken musste, wie mürrisch und abweisend ich selbst noch vor ein paar Monaten gewesen war, wie gnadenlos ich alle Menschen zurückgewiesen hatte, die mir helfen wollten – auch ihn.

War das wirklich erst in diesem Frühling gewesen? Es erschien mir wie in einem anderen Leben, so als wäre es einer Fremden passiert, die nichts mit mir zu tun hatte. Vielleicht würde Anders eines Tages genauso empfinden. Doch jetzt kam erst einmal eine schwere Zeit auf ihn zu, durch die er durchmusste.

Ich vergaß meinen Bruder und seinen Kummer, das muss ich gestehen, sobald ich die Parkmauern von Ashgrove hinter mir ließ. Meine Gedanken kreisten um Kyle. Ich fragte mich, wie es kam, dass er sich zu einer so langweiligen, mittelmäßigen Person wie mir hingezogen fühlte. Und als würden Wolken die Sonne verdunkeln, beschlichen mich wieder Zweifel, ob vielleicht alles nur eine Täuschung war, eine Seifenblase, die bald zerplatzen musste.

Doch als ich Bronwen am Ufer stehen sah, kam die selige Euphorie zurück. Waren sie und Kyle nicht so klar wie das Wasser des Loch Ash; unfähig, Gefühle vorzutäuschen, die sie nicht hatten?

Sie kam mir entgegen, in einer grünen Leinenhose und einem Jackett, das wohl Kyle gehörte, denn es war ihr zu lang und zu weit. Allerdings hätte sie sich einen Kartoffelsack umhängen können und trotzdem noch schön ausgesehen.

»Hi, Merle!«, sagte sie. »Du strahlst wie ein Brownie, der eben einen Honigtopf ausgeleckt hat. Was ist passiert?«

Vermutlich kannte sie den Inhalt des Umschlags nicht, den sie mir vor die Tür gelegt hatte. Statt einer Antwort gab ich ihr den Zettel, auf dem ich die Namen und Jahreszahlen des alten Buchanan-Grabsteins notiert hatte.

Bronwen sah so lange mit gerunzelter Stirn darauf, dass ich dachte, sie würde es nicht verstehen und ich müsste ihr etwas erklären, was doch so offenkundig war.

Da gab sie mir den Zettel zurück und strich sich eine Locke aus dem Gesicht. »Allmächtiger, wie kann man nur so blind durch die Gegend laufen! Wieso haben wir das nicht längst bemerkt? Aber wir wussten ja nicht, dass es eine Verbindung zwischen unserer Familie und den Campbells gibt, bevor du hier aufgetaucht bist. Wenn man erst weiß, worum es geht, sprechen die Namen und Jahreszahlen Bände! Langsam fügt sich das Puzzle zu einem Bild. Ich hab dir auch etwas mitgebracht.«

In der Tasche ihres Jacketts steckte eine Rolle Papier. Sie zog das Gummiband ab, während wir zu der Bank gingen und uns ans Ufer setzten.

»Das hat mir unser Cousin Edward gefaxt«, erklärte sie. »Zusammen mit einem dicken Stammbaum und ungefähr dreißig Seiten Buchanan-Familiengeschichte. Aber für uns ist nur das hier interessant.«

Der Wind zerrte an dem Papier. Wir hielten die Rolle gerade noch rechtzeitig fest, ehe sie davonfliegen konnte.

»Hier sind die Geburts- und Sterbedaten aller Buchanans von Loch Ash aus dem achtzehnten Jahrhundert aufgelistet, wie sie im Kirchenregister stehen.«

Es waren mehr als zwanzig Namen von Männern und Frauen, darunter zwei Marys, aber nur ein Alan. Neben einer der beiden Marys standen dieselben Jahreszahlen wie auf dem alten Grabstein.

»Diese Mary war offenbar unverheiratet. Es gibt keine Angaben über einen Ehemann«, hörte ich Bronwen sagen. »Aber ihr Sohn Alan Buchanan hatte selbst zwei Söhne und drei Töchter. Wir stammen in direkter Linie von ihm ab. Dass er auch Buchanan hieß, also den Mädchennamen seiner Mutter trug, beweist, dass er ein uneheliches Kind war.«

Ich machte den Mund auf, um eine Frage zu stellen, doch sie sprach schon weiter.

»Wegen Mary habe ich Edward heute früh noch einmal angerufen. Er sagt, alles, was wir von ihr wissen, ist ihr Geburtsdatum und das Sterbejahr. Allerdings hat er eine alte Aufzeichnung gefunden, in der angedeutet wird, dass eine der Buchanan-Töchter zur Zeit der Jakobitischen Aufstände einen Sohn zur Welt brachte, der »ein Kind der Liebe« war, wie man das damals nannte. Das bezieht sich zweifellos auf Mary und ihren Sohn.«

»Gibt es denn keinerlei Hinweis darauf, wer Alans Vater war?«

Das Wasser kräuselte sich im Wind und schwappte in sanften Wellen über den Kiesstreifen zu uns herauf. Gischtflocken ließen sich auf meinen nackten Zehen in den Sandalen nieder. Über dem Wasser jagten Möwen kreischend nach Beute.

»Nein, absolut keinen. Mary hat ihr Geheimnis wohl mit ins Grab genommen. Aber dass sie ihren Sohn Alan nannte, ist sicher kein Zufall.«

»Und wir haben das Gedicht«, warf ich ein. »Damit hat es eine besondere Bewandtnis, Bron! Bisher habe ich mit niemandem darüber geredet, aber etwas ist mir mit diesem Gedicht passiert, mit dem kleinen Buch, in dem es niedergeschrieben ist. Ich kann es mir nicht erklären. Wahrscheinlich gibt es auch keine Erklärung dafür. Jemand – er – wollte, dass ich eine Sache begreife, die mit dem Gedicht in Verbindung steht, glaube ich.« Ich stockte, weil ich nicht wusste, wie ich mich verständlich machen sollte.

»Wen meinst du?«, fragte Bronwen ruhig.

»Ich weiß nicht, wer er ist. Ich kann es nur vermuten. Die Erscheinung, der nächtliche Besucher, von dem ich dir schon einmal erzählt habe.«

Sie wartete schweigend, bis ich einen Entschluss gefasst hatte. »Ich glaube, dass es Alan Campbell ist. Aus irgendeinem Grund kommt er nicht zur Ruhe. Er will … Er sucht den Kontakt zu mir, so scheint es jedenfalls.« Nach kurzem Schweigen fügte ich hinzu: »Ich hab da etwas über Swedenborg gelesen. Er behauptet, es gibt Verstorbene, die nicht glauben wollen, dass sie tot sind. Und wenn sie im Jenseits sind, nehmen sie bestimmte Neigungen und Charakterzüge mit und müssen dort erst ihr wahres Selbst finden. Was hältst du davon?«

»Ich denke, dass wir keine Ahnung haben, was nach dem Tod mit uns passiert. Es gibt so vieles, was wir nicht begreifen und erklären können, Merle. Und Alan Campbells Schicksal war sehr ungewöhnlich. Er ist nicht gestorben wie die meisten anderen Menschen. Wahrscheinlich war er ganz allein und verzweifelt in diesem scheußlichen unterirdischen Loch, wie ein Tier in der Falle, und ist verblutet. Er war so jung und wollte sicher noch nicht sterben.« Sie seufzte. »Vielleicht sehnt er sich noch immer nach einem mitfühlenden Herz, einem Wesen, das so jung ist, wie er es damals war, und dem sein Schicksal nicht gleichgültig ist.«

Überrascht wurde mir klar, dass ich ihr so viel Einfühlungsgabe, so viel Empfindsamkeit und Tiefgang nicht zugetraut hätte. Wohl, weil sie schön war und weil ich das unbewusste Vorurteil hatte, dass schöne Menschen oberflächlich sein müssten.

Durch die Locken, die ihr Gesicht umwehten, spähte sie zu den Berghängen jenseits des Sees, über die unter den rasch dahinziehenden Wolken Licht und Schatten glitten. »Es könnte auch sein, dass du seiner Liebsten Mary ähnelst. Hast du daran schon gedacht?«

Nein, auf diesen Einfall war ich noch nicht gekommen. Doch vielleicht hatte sie recht und es war genau so … Weshalb hätte mich ihre Frage sonst so tief berührt? Sie schien etwas ausgesprochen zu haben, was ein Teil von mir bereits wusste oder ahnte.

»Ich würde ihm so gern helfen«, sagte ich. »Wenn ich das nur könnte! Aber es gibt keinen Weg … Ich habe keine Idee, was ich tun sollte …«

»Vielleicht hilfst du ihm schon damit, dass du dem Geheimnis seiner Verbindung zu Mary und unserer Familie auf die Spur gekommen bist. Und du hast versucht ihn zu finden.«

»Erfolglos«, murmelte ich bitter.

Dann schwiegen wir lange. Das Laub der Eschen rauschte und säuselte, die Schilfhalme wisperten, das Wasser murmelte sein uraltes Lied; eine Melodie, die sicher auch Alan schon gekannt hatte und Mary und ihre Kinder und Kindeskinder.

Ich beugte mich vor und sah auf den Grund des Sees, wo die Kiesel wie Edelsteine schimmerten und Schwärme von kleinen Fischen hin und her flitzten. Wie dicht doch Glück und Schmerz beieinanderlagen! Vor einer halben Stunde war ich noch wie auf Wolken gegangen. Jetzt stiegen mir Tränen in die Augen.

»Es könnte doch sein, dass es nicht um den Erfolg geht, sondern um die Absicht.« Bronwen legte den Arm um meine Schulter. »Darum, dass du ihn finden wolltest. Aber du hast mir noch nicht erzählt, was mit dem Buch passiert ist, in dem das Gedicht für Mary steht.«

Ich putzte mir die Nase und lehnte mich zurück. »Das Gedicht, ja. Es ist ein wichtiger Teil der Geschichte, da bin ich sicher. Ich hatte das Buch auf meinem Nachttisch liegen. Es ist erst ein paar Nächte her. Der Mond schien ins Zimmer …«

Leise und so genau wie möglich schilderte ich, wie sich alles zugetragen hatte; wie der kleine Band in der Luft geschwebt war, wie sich die Seiten teilten und eine unsichtbare Hand das Gedicht aufschlug.

»Ohne die Staubschicht auf der Marmorplatte hätte ich am nächsten Morgen garantiert alles für Einbildung gehalten, einfach weil ich selbst daran zweifelte, dass es tatsächlich passiert ist. Aber es ist passiert, glaub mir bitte! Er wollte mir auf diese Art etwas sagen, was mit dem Gedicht zusammenhängt.«

»Es sieht ganz danach aus. Das Gedicht ist ein Hinweis darauf, dass es diese Liebe zwischen Mary Buchanan und Alan Campbell wirklich gab, darauf möchte ich wetten. Und es gibt auch durchaus reale Anhaltspunkte. Sie haben zur selben Zeit gelebt und waren beide ungefähr im gleichen Alter. Außerdem sind sie praktisch Nachbarn gewesen und müssen sich gekannt haben, auch wenn sie verschiedenen Gesellschaftsschichten angehörten: Mary war eine Bürgerliche, Alan der Sohn eines Lords.«

»Dann mussten sie es sicher geheim halten, dass sie ineinander verliebt waren.« Plötzlich schwirrte mir der Kopf vor Vermutungen und Fragen. »Aber wenn Mary ein Kind von Alan Campbell erwartete – hätte er sie dann nicht auch gegen den Willen seiner Familie heiraten können?«

Bronwen runzelte die Stirn und überlegte. »Es gab damals schon Paare, die heimlich geheiratet haben – meistens in Gretna Green –, auch wenn einer von beiden nicht standesgemäß war. Die Frage ist nur, ob sie je normal hätten leben können. Oft wurden Söhne oder Töchter aus dem Adel enterbt oder die Familien brachen den Kontakt zu ihnen ab. Damals waren die Schwierigkeiten fast unüberwindlich, glaube ich.«

Ich gab mir Mühe, meine Gedanken zu sortieren. »Aber … wenn es wirklich stimmt, dass Alan und Mary ein Liebespaar waren, hat er dann überhaupt gewusst, dass sie ein Kind von ihm erwartete?«

244

»Das ist eine gute Frage. Marys Sohn kam im November 1746 zur Welt, so steht es im Kirchenregister. Alan Campbell verschwand kurz nach der Schlacht bei Culloden, also Ende April 1746. Vielleicht wusste Mary zu diesem Zeitpunkt selbst noch nicht, dass sie schwanger war. Und wenn sie es wusste, ist die Frage, ob sie überhaupt noch Gelegenheit hatte, mit ihm zu sprechen oder ihm eine Nachricht zukommen zu lassen. Er kämpfte ja an Bonnie Prince Charlies Seite und begleitete ihn dann ein Stück auf der Flucht durch die Highlands. Vielleicht haben sich die beiden nicht wiedergesehen.«

Ich schloss die Augen, um mich besser konzentrieren zu können. »Warte!«, sagte ich. »Warte! Du hast eben etwas erwähnt, was wichtig ist. Stell dir vor, sie haben sich doch wiedergesehen! Vielleicht konnte Alan ja durch den Geheimgang und die Krypta von St. Mary's fliehen. Vielleicht hat er es trotz seiner Verwundung geschafft, sich bis zu Mary zu schleppen, in euer Haus …«

»Daran habe ich auch schon gedacht.« Bronwen nickte langsam. »Es wäre immerhin möglich. Wenn es ihm gelungen wäre, unentdeckt nach Briar zu kommen, hätten ihn die Buchanans sicher aufgenommen und versteckt. Meine Vorfahren waren immer treue Anhänger des schottischen Königshauses.«

»Alan könnte also überlebt haben? Mary könnte ihn gesund gepflegt haben und er hat weitergelebt, sozusagen undercover, hat sich versteckt gehalten und später eine andere Identität angenommen?«

Warum hoffte ich mit solcher Leidenschaft, dass es so gewesen war? Dabei sagte mir doch eine innere Stimme, dass ich mir nur etwas vormachte, dass es kein Happy End für die beiden gegeben hatte.

Auch Bronwen glaubte nicht daran. »Es ist wohl wahrscheinlicher, dass er an seinen Verwundungen starb, Merle. Wer weiß, ob er nicht im selben Grab liegt wie Mary und ihr gemeinsamer Sohn. Vielleicht haben sie ihn nachts heimlich dort begraben. Damals war es den Menschen sehr wichtig, ihre Toten in geweihter Erde zu bestatten.«

Wir schwiegen, schauten übers Wasser, ließen uns alles wieder und wieder durch den Kopf gehen. Dicke blauschwarze, graue und rosig gefärbte Wolkenberge schoben sich vor die Sonne. Doch wenn sich die Wolken für kurze Zeit teilten, war alles in wunderbaren, wärmenden Glanz getaucht und der See schimmerte wie ein Gespinst aus Goldfäden.

»Keiner wird je sicher wissen, was wirklich mit ihm geschehen ist«, sagte ich leise.

»Es sei denn, man würde den Zugang zum Geheimgang in der Krypta finden oder unser altes Familiengrab untersuchen. Aber man sollte die Toten ruhen lassen. Das hat Kyle erst vor ein paar Tagen gesagt.«

Allein der Klang seines Namens vertrieb meine

schwermütige Stimmung und ließ mein Herz schneller schlagen.

»Es wäre nicht recht, das Grab zu öffnen und darin herumzuwühlen«, stimmte ich zu.

»Auf jeden Fall sollten wir nach wie vor mit niemand anderem darüber reden. Keiner darf erfahren, was wir herausgefunden haben oder was wir vermuten. Auch nicht MacDonald oder Daisy Westmacott. Sie könnten es nicht für sich behalten und die Geschichte würde sich wie ein Lauffeuer verbreiten. Das Geheimnis um Alan Campbells Verschwinden ist in unserer Gegend zu einer Art Heldenepos geworden. Wir könnten uns vor Reportern und Neugierigen nicht mehr retten. Sie würden in Scharen über Ashgrove herfallen und die Geschichte würde zum Medienspektakel hochgepusht.«

Ich stellte mir die mollige Lady Lilibeth vor, wie sie abends in der Schweiz vor dem Fernseher saß, die Nachrichten einschaltete und Ashgrove im Belagerungszustand sah.

»Wir müssen es für uns behalten, ganz klar! Außer Kyle und meinem Bruder darf keiner davon erfahren. Anders können wir einweihen. Er kann schweigen wie ein Grab.«

Schweigen wie ein Grab … Konnte es in diesem Zusammenhang eine passendere Redewendung geben?

27

Die Gedanken an Alan und Mary und ihren Sohn, noch mehr aber an Kyle begleiteten mich in den Schlaf. Nichts störte meine Ruhe, auch wenn ein Teil von mir spürte, dass jemand an meinem Bett stand und auf mich niedersah.

Im Traum hörte ich Musik, die zu meinem ungebetenen Gast gehörte. Sie klang wie das Rauschen des Meeres, wie das Säuseln des Windes in den Baumwipfeln, wie abendlicher Vogelgesang im Frühling; und darunter mischten sich die klagenden Klänge von Dudelsackpfeifen, die zum Kampf riefen.

Es drängte mich, die Hand nach ihm auszustrecken. Doch meine Angst war zu groß, er könnte mich festhalten und zu sich hinüberziehen, in ein Land jenseits der Grenze, aus dem es keine Rückkehr für mich gab.

Wenn er eine Botschaft für mich hatte, verstand ich sie nicht. Ob er wusste, was wir herausgefunden hatten – dass er Nachkommen hatte, Enkel und Urenkel und Ururenkel, die zwar nicht seinen Namen trugen, ihm aber ähnlich waren und in deren Adern sein Blut floss?

Wie viel wussten sie überhaupt von uns, die in jenem »unentdeckten Land« wohnen, von »des' Bezirk kein Wandrer wiederkehrt«, wie Shakespeare sagt?

Am Morgen lag Nebel über Ashgroves Park, seinen Erkern und Dächern und Kaminen. Die Luft war von geheimnisvoller Stille erfüllt, als hielte das alte Gemäuer und die Natur ringsum den Atem an.

Anders wollte nicht aufstehen, mich aber trieb es hinaus. Ich war voller Unruhe und Erwartung, in die sich Freude und Furcht mischten, denn noch immer flüsterte eine zweifelnde Stimme mir Warnungen zu.

Auf meinem Spaziergang gelangte ich in einen unbekannten, völlig verwilderten Teil des Gartens, in dem sich Brombeerranken wie Fallstricke durchs Gebüsch wanden. Wildrosenzweige griffen nach meinen Haaren und verhakten sich in meiner Jacke.

Da es keine erkennbaren Wege mehr gab, nicht einmal einen Trampelpfad, kehrte ich um und hätte vielleicht die Orientierung verloren, wenn nicht Ausschnitte des Dachfirsts oder eines Kamins manchmal zwischen den Nebelschwaden aufgetaucht wären.

Im Gestrüpp, unter den alten Bäumen, wisperte und raunte, huschte und raschelte es. Flüchtig dachte ich an Mary Westmacotts Feen, die angeblich irgendwo unter grünen Hügeln um Ashgrove hausten – Geschöpfe der Anderswelt. Obwohl ich nicht an sie glauben konnte, schienen sie mir doch besser zum

Zauber dieses Ortes zu passen als ich selbst oder jeder andere Sterbliche.

Dann brausten Windböen von den Cairngorms herüber, zerfetzten und vertrieben die Nebelschleier. Darüber war der Himmel seidig blau.

Schließlich erreichte ich die Parkmauer und fand eine der zahlreichen Pforten nach draußen. Das Schloss war unversperrt, aber verrostet, die Klinke ließ sich nur schwer bewegen.

Hier war ich noch nie zuvor gewesen. Ein Pfad schlängelte sich von der Pforte weg in ein Wäldchen aus knorrigen Eichen und Stechpalmenbüschen. Ich kann beschwören, dass ich nicht ahnte, wohin er führte. Trotzdem folgte ich ihm, als würde mich jemand an der Hand halten und mich mit sich ziehen.

Eine Schar Moorschneehühner flüchtete mit aufgeregtem Gegacker vor mir ins Dickicht. Überall lagen umgestürzte Baumriesen, von Moos und Pilzen bewachsen, und moderten vor sich hin. Eine Drossel sang in den Wipfeln und beendete unvermittelt ihr betörendes Lied. Hatte ich sie gestört?

Vor mir öffnete sich eine Lichtung, auf der mehrere Erdhügel einen unordentlichen Kreis bildeten. Die Hügel waren mit Gras bewachsen, das in der Morgensonne smaragdgrün leuchtete. Dazwischen wuchsen weiße Blumen und mächtige Farne.

Geheimnisvolle Stille lag über der Lichtung. Kein Vogel war zu hören. Der rastlose Hochlandwind war verstummt. Meine Kopfhaut begann zu prickeln, meine Haare schienen sich zu sträuben, während ich dastand und mich umschaute wie ein Kind, das in ein Märchenland gestolpert ist.

»Du hast also hergefunden«, sagte eine Stimme hinter mir. »Ich hab mich schon gefragt, wie lang es dauert, bis du diesen Ort entdeckst.«

Mein Herz tat ein paar verrückte Sprünge. Es hopste oder schlug Purzelbäume. So etwas hatte es noch nie zuvor gemacht.

Ich drehte mich um. Kyle stand hinter mir, in seinem weißen Pullover mit den keltischen Mustern, die Hosenbeine in die Schäfte seiner Stiefel gesteckt. Wie oft hatte ich ihn in Gedanken so gesehen! Jetzt kam er mir zugleich vertraut und fremd vor.

Bis vor Kurzem noch hatte ich es kaum erwarten können, ihn zu treffen, hatte mir unser Wiedersehen in den schönsten Farben ausgemalt. Jetzt war ich verwirrt und verlegen, vergrub die Hände in den Taschen des geliehenen Tweedjacketts, und mein Herz wollte nicht aufhören wie wild zu schlagen.

»Wie kommst du hierher?«, fragte ich nur.

Sein Blick war ernst. »Das ist eine Abkürzung nach Ashgrove, die kaum einer kennt. Ich wollte zu dir – dich sehen und mich bei dir bedanken.«

»Bedanken? Wofür?«

»Du hast etwas über unsere Familiengeschichte herausgefunden, was sehr wichtig für mich ist. Ohne dich wären wir wohl nie auf den Gedanken gekommen, dass es eine Verbindung zwischen den Buchanans und den Campbells geben könnte. Tut mir leid, dass ich dich nicht ernst genommen habe, als du mich auf die Ähnlichkeit mit Alan Campbell aufmerksam gemacht hast … Ich war ein dummes, ignorantes Schaf.«

»Es sind nur Vermutungen«, widersprach ich leise. »Einen Beweis gibt es nicht.«

»Es sei denn, wir könnten Lady Campbell zu einem Gentest überreden.« Kyle lächelte. »Kannst du dir vorstellen, was das für einen Aufruhr gäbe? Vor Empörung würde sie wahrscheinlich der Schlag treffen. – Aber im Ernst, ich glaube auch so, dass ihr recht habt, du und Bron.« Er nahm meine Hand. »Es bedeutet mir viel, dass ein Mann wie Alan Campbell unter meinen Vorfahren ist. Schon als kleiner Junge habe ich ihn glühend bewundert. Unsere Granny musste mir immer wieder von ihm erzählen. Er war mein Held. Wer weiß, vielleicht habe ich ja damals schon gespürt, dass ein Teil von ihm in mir steckt.«

Unsere Finger verschränkten sich ineinander. Die Berührung schickte prickelnde Ströme durch meinen Körper. Sie vernebelte mein Hirn, so sehr, dass es mir schwerfiel, einen klaren Gedanken zu fassen.

»Ihr seht euch so ähnlich, als wärst du sein Bruder. Für mich ist das Beweis genug!«

»Wieso ist mir das nur nicht aufgefallen? Ich will

mir sein Porträt noch einmal ansehen, diesmal allerdings ohne Scheuklappen.« Er hob meine Hand und küsste meine Fingerspitzen. »Offenbar siehst du mich mit anderen Augen als Bron oder dein Bruder oder ich mich selbst.«

Oder jemand hat mir den Blick dafür geschärft, dachte ich, sprach es aber nicht aus. Stattdessen fragte ich: »Hat Bronwen dir auch von dem Gedicht erzählt?«

»Ja, und ich wollte dich bitten, es mir zu zeigen.«

Wir verstummten. Die feierliche Stille umfing uns wie eine Glocke aus Glas. Nichts regte sich, die Zeit schien stillzustehen.

»Was ist das für ein seltsamer Platz?«, fragte ich nach einer Weile im Flüsterton.

Kyle antwortete ebenso leise: »Ein heiliger Platz, behauptete unsere Granny immer. Kein Bauer würde hier pflügen, seine Tiere weiden lassen oder Bäume fällen. Die Hügel dort sind die Faery Rings.«

»Die Faery Rings?«

»So nennt man sie hier, die Knolls, unter denen die Feen hausen.«

Spürte auch er die Spannung zwischen uns? Mir war, als zöge uns eine unsichtbare Macht an Fäden zueinander. Wir konnten die Blicke nicht voneinander lösen. Und in diesen Sekunden oder Minuten verstand ich plötzlich den Sinn, der hinter der schmerzhaften, demütigenden Erfahrung dieses Frühlings steckte. Denn wenn Jens sich nicht einer anderen zugewandt hätte, wäre ich nie nach Ashgrove gekommen, hätte Kyle nie kennengelernt. Meine Gefühle für Jens, die ich damals für die große Liebe gehalten hatte, waren nicht mehr gewesen als ein Strohfeuer, die Qualen der Zurückweisung nur verletzter Stolz.

In meine Gedanken hinein sagte Kyle: »Manche kommen zu den Faery Rings und wünschen sich etwas. Denn es heißt, die Feen können Wünsche erfüllen, wenn sie in gnädiger Stimmung sind. Willst du einen Versuch machen?«

Mein Lachen klang zittrig. »Ich hätte sogar zwei oder drei Wünsche – oder ist das maßlos von mir? Darf es nur einer sein?«

Er streichelte meine Schulter, meinen Rücken. Ich roch die Schafwolle seines Pullovers und den ihm eigenen Duft nach Heide und Wasser und dem Rauch von offenem Kaminfeuer. Sanft erwiderte er: »Lass sie entscheiden, ob sie dir alle Wünsche erfüllen – oder nur einen – oder keinen.«

»Und du? Wünschst du dir nichts?«

Wie sehr mich seine braunen Augen an Alan Campbells Blick erinnerten! War es das, was uns so zueinander hinzog – dass er wie Alan war und ich Mary ähnelte?

»O doch, sicher! Aber ich war schon vor zwei Tagen hier, bevor ich losgefahren bin. Sie wissen also Bescheid.«

»Muss ich es laut sagen?«

»Es heißt, sie können Gedanken lesen.«

Ich schloss die Augen. Nach wie vor fiel mir das Denken schwer, so verwirrt und erfüllt war ich von Kyles Gegenwart. Doch der erste Wunsch kam wie von selbst, als hätte er nur auf den richtigen Zeitpunkt gewartet.

Ich wünsche mir, dass er endlich zur Ruhe kommt!, sagte eine Stimme in mir. Und eine zweite Stimme flüsterte: Lasst mich in den Highlands bleiben …

Der dritte Wunsch betraf Kyle, und er erfüllte sich sofort. Er hatte die Hand in meinen Nacken gelegt und drückte seine Wange an mein Gesicht.

»Du trägst das keltische Herz«, hörte ich ihn sagen. »Es war Grannys Hochzeitsgeschenk von unserem Großvater. Ein dreifacher Knoten ist darin eingraviert. Er ist ein keltisches Symbol für Ewigkeit und nie endende Liebe.«

»Ich hab's an einer Schnur um den Hals gebunden, weil ich keine Kette hatte. Aber wieso … Ich meine, danke! Es ist das schönste Geschenk, das ich je bekommen habe!« Ich stockte. »Nur … bist du sicher? Warum gerade ich?«

»Und das war eben die dümmste Frage, die ich je gehört habe«, murmelte er in mein Haar.

Wir küssten uns, kurz und vorsichtig, dann ein zweites Mal, wieder und wieder und drehten uns dabei wie Kinder im Kreis, bis mir schwindlig wurde.

Und wer weiß, vielleicht sahen uns ja die Feen in den Hügeln zu und rieben sich vor Freude die Hände.

Kyle fasste mich um die Taille und hob mich hoch. Er schwenkte mich durch die Luft und rief lachend: »Was meinst du, haben wir uns das Gleiche gewünscht? Es sieht ganz danach aus! Offenbar waren die Feen gnädig gestimmt, Bonnie Lass!«

Bonnie Lass … So sollte er mich in all den Jahren, die folgten, noch oft nennen.